KB115313

데일리 히어로

FUSION FANTASTIC STORY

인기영 장편 소설

DAILY
HERO

데일리 히어로 7(완결)

인기영 장편 소설

초판 1쇄 찍은 날 § 2015년 5월 28일
초판 1쇄 펴낸 날 § 2015년 6월 4일

지은이 § 인기영
펴낸이 § 서경석

편집책임 § 이창진

펴낸곳 § 도서출판 청어람
등록번호 § 제387-1999-000006호
등록일자 § 1999. 5. 31
어람번호 § 제1-2138호

주소 § 경기도 부천시 원미구 부일로 483번길 40 서경B/D 3F (우) 420-822
전화 § 032-656-4452 팩스 § 032-656-4453
http://www.chungeoram.com
E-mail § chungeorambook@daum.net

ⓒ 인기영, 2014

ISBN 979-11-04-90256-7 04810
ISBN 979-11-316-9293-6 (세트)

※ 파본은 구입하신 서점에서 교환하여 드립니다.
※ 저자와 협의하여 인지를 붙이지 않습니다.
※ 이 책은 도서출판 청어람과 저작자의 계약에 의해 출판된 것이므로,
　무단 전재 및 유포·공유를 금합니다.

데일리 히어로

FUSION FANTASTIC STORY

인기영 장편 소설

DAILY HERO

7

[완결]

도서출판 청어람

데일리 히어로

DAILY HERO

CONTENTS

Chapter 1
최면의 힘

　설열음을 몇 번 보지는 못했지만 그녀는 한결같은 면이 있었다.

　항상 사람을 당황시킨다는 것.

　블랙 바이크를 타고 내 앞에 나타난 그녀는 예의 그 차가운 시선으로 날 바라보았다.

　얼굴에는 여전히 아무런 표정도 찾아볼 수 없었다.

　"내가… 추천당했다고?"

　"응."

　음성에서 차가움이 뚝뚝 떨어진다.

　시크하기로 따지자면 카시아스 저리 가라 할 정도다.

아무튼 누군가 날 다운 타운의 데스 파이트에 추천했다고 그녀는 말했다.

한데… 이해가 안 되는 부분이 있었다.

"추천이라는 건 추천당하는 당사자가 다운 타운에 한 번도 발을 들인 적 없을 때 가능한 거 아니야? 난 이미 다운 타운에 갔다 왔잖아? 너한테 받은 포털도 집에 있는데."

설열음은 내게 육각형 모양의 얇은 펜던트를 건네줬었다.

그것의 이름이 포털이다.

다운 타운으로 향하는 차원의 문을 여는 도구였다.

언제든 내가 다운 타운으로 가고 싶으면 이 포털을 이용하면 되는 일이다.

굳이 누군가의 추천을 받을 필요는 없었다.

내 물음에 설열음이 담담하게 대답했다.

"애초에 다운 타운에 가고 말고는 순전히 네 의지야. 처음 무천도사가 널 추천했을 때도, 다운 타운에 가겠다고 나선 건 너였으니까. 가기 싫으면 무시해. 그걸로 끝."

"그러니까 추천은 언제든 받을 수 있다는 얘기야?"

"응. 하지만 이번 추천은 경우가 좀 달라. 저번의 추천은 너를 다운 타운에 인도하기 위한 거였고, 이번은 개인적으로 네가 데스 파이트에 꼭 참가하길 바라는 사람이 추천한 거야. 초대의 개념으로 보는 게 더 옳겠지."

"그게 누군데?"

"귀족 무함마드."

"무함마드?"

"이랑이를 노예로 사들이려던 사람."

기억난다.

내가 세이브 카드로 노예가 될 뻔한 이랑이를 구했을 때, 관중석에 있던 귀족들 중 터번을 쓴 아랍계 콧수염 중년 사내가 고함을 질러댔었다.

'젠장! 저 빌어먹을 새끼! 감히 내 노예를 해방시켜?! 절대로 그냥 넘어가지 않겠다!'

그 녀석이군.

"이랑이를 노예로 데려가지 못하게 만들었으니 내가 무너지는 꼴을 보고 싶다 이건가?"

"그런 셈."

흠… 그냥 홧김에 하는 말인 줄 알았는데 뒤끝이 장난 아니군.

하지만 설열음이 말했듯이 내가 굳이 데스 파이트에 참석해야 할 이유는 없다.

거절하면 그만이다.

한데 자꾸만 카시아스가 걸린다.

틈만 나면 다운 타운에 꼭 다시 가보자고 애걸복걸하지 않왔던가.

"어떻게 할 거야?"

설열음이 물었다.

난 고민하다가 갑자기 든 위화감에 그녀를 쳐다보았다.

"그런데… 언제부터 나한테 반말했어?"

이 여자, 원래 꼬박꼬박 존댓말을 사용했었다.

하지만 지금은 다짜고짜 반말을 해대고 있었다.

"방금 전부터."

설열음이 태연하게 대답했다.

"난 말 놓으라고 한 적 없는데?"

"나 역시 말 놓으라고 한 적 없지만, 네가 먼저 말을 놓았잖아. 저번에. 그래서 나도 놓기로 했어."

"의외로 꽁하는 구석이 있네. 그런 건 전혀 개의치 않는 줄 알았더니."

"그냥 이편이 나도 편하니까. 불편하면 다시 존댓말 써드릴까요?"

"됐어. 나도 그게 편해."

"그래서 대답은?"

"언제까지 결정해야 돼?"

"내일 아침까지. 데스 파이트는 내일 오후 한 시에 개막해."

"알았어. 그때까지 결정할게."

"샵(#) 일곱 번 누르고 신호음 가면 끊어. 그럼 데스 파이트 주최 측에서 다시 전화가 올 거야. 그때 참여 의사 말한 뒤 포털로 넘어오면 돼."

"설명 안 해도 알아."

"그래, 그럼 가볼게."

설열음은 내 앞에 갑자기 나타났을 때처럼, 미련 없이 떠났다.

부다다다다!

바이크를 타고 멀어지는 그녀의 뒷모습에서 쿨내가 풀풀 풍긴다.

"다운 타운이라⋯⋯."

가봐야 하나 싶었다.

카시아스가 계속 가고 싶어 하던 와중, 타이밍이 기가 막히게 들어맞았다.

어쩌면 이건 다운 타운에 가라는 하늘의 계시일지도 모르겠다.

사실 나도 다운 타운에 완전히 관심이 없는 건 아니다.

지구 지하에 그런 이상한 세상이 독립적으로 존재하고 있는데 호기심이 생기지 않을 리가 없다.

다만 다운 타운에 대한 기억들이 워낙 거지 같아서 거부하고 있는 것뿐이다.

아무튼 지금은 그 생각을 접고 의뢰에 집중해야 한다.

올해 중학교 1학년생인 민지는 아빠의 가정 폭력에 집을 나간 엄마를 찾아주고, 아빠 역시 더 이상 폭력을 쓰지 않도록 도와달라고 했다.

우선 집 나간 엄마의 소재는 파악했다.

민지의 엄마는 집에서 10분 정도 떨어진 곳의 단독주택에 세 들어 사는 그녀의 친부와 함께 있다.

사이코메트리로 그녀가 있는 곳을 알아낸 뒤 직접 찾아가 두 눈으로 확인까지 했다.

이제 남은 건 민지의 아버지가 직접 민지 어머니를 데려오도록 만드는 것이다.

그러려면 민지 아버지를 만나야 하는데, 어제 술 마시러 나갔다던 민지 아버지는 아직도 돌아올 기미가 보이지 않았다.

민지는 현재 상덕이가 데리고서 함께 놀아주는 중이다.

나는 민지의 집 앞에서 언제 올지 모를 민지 아버지를 기다리고 있다.

그렇게 하염없이 시간만 흘렀다.

띠링!

스마트폰의 메시지 앱에서 알림음이 울렸다.

확인해 보니 상덕이였다.

—아버지 만났냐?

—아니, 아직.

—뭐? 여태 그러고 있으면 어떡해!

─그럼 아버지가 오지 않는 걸 어쩌냐 인마.

─무슨 수를 내! 민지랑 또 뭐하면서 놀아줘야 할지 모르겠단 말야!

─대충 알아서 잘 놀아줘. 어디 근처 공원 같은 데라도 데리고 가든가.

─곧 해 떨어져.

─그럼 밥이라도 먹어.

─이런 무책임한 놈.

그때였다.

코가 붉게 물든 40대 정도의 남성이 터덜터덜 걸으며 내게 다가왔다. 그러더니 퀭한 눈으로 날 노려봤다.

"뭐냐?"

"네?"

"너 뭐하는 놈인데 남의 집 문 앞에 떡하니 버티고 서 있냐고!"

말할 때마다 술 냄새가 팍팍 풍기는데 거하게 한 잔 걸친 모양이다.

"혹시 민지 아버님 되십니까?"

"네가 내 딸 이름을 어떻게 알아?"

역시나.

민지 아버지는 살짝 당황하더니 이내 미간을 와락 구겼다.

그리고 내 멱을 두 손으로 틀어쥐었다.

"너 누구야! 내 딸이랑 무슨 사이야! 엉!"

술에 취하면 폭력적으로 변한다더니 그 말이 딱 맞았다.

"민지 아버님, 안녕하세요. 저는 오들리라고 합니다."

"뭐? 오들리? 이름이 뭐 그따위야? 그리고 이거… 얼굴인 줄 알았더니 가면이네?"

가면 쓴 걸 이제야 알아채다니, 취해도 된통 취했나 보다.

"야, 가면 벗어봐. 어서 벗어봐!"

민지 아버지가 거칠게 손을 뻗었다.

하지만 그 손은 내 가면에 닿기 전, 강제로 멈춰졌다.

내가 민지 아버지의 손목을 틀어쥔 것이다.

"어쭈? 어린놈의 새끼가 어른이 훈계하는데 싸가지 없이 팔을 잡아!"

하아, 안 되겠다.

상황이 더 심각해지기 전에 일을 처리해야지.

마침 지나가는 사람은 없었다.

난 민지 아버지의 눈을 똑바로 보며 캐러반의 능력 최면을 시전했다.

"최면."

그러자 민지 아버지의 눈동자에서 초점이 사라졌다.

캐러반의 능력은 정확히 말하자면 '절대최면'이다.

성향에 따라 최면에 잘 빠지는 사람이 있고 아예 빠지지 않는 사람도 있다.

그러나 캐러반은 누구든 자신의 최면에 빠져들게끔 만들 수 있었다.

그것이 절대최면이었다.

지금처럼 술에 잔뜩 절어버린 민지 아버지 역시 절대최면의 힘을 거부할 순 없었다.

동공이 풀린 민지 아버지는 그 자리에 석상처럼 굳어버려 입을 헤 벌렸다.

난 그의 의식이 정지되며 동시에 활짝 열리는 것을 느꼈다.

그 안으로 내 의식이 파고들어 갔다.

난 최대한 깊은 곳까지 의식을 밀어 넣은 뒤, 내가 그에게 원하는 것들을 각인시켰다.

"민지 아버지. 민지 아버지는 사실 선하고 좋은 사람입니다. 하지만 삶이 힘들어 술을 마시게 되면 그동안 참았던 울분이 튀어나올 뿐이죠. 그러나 민지 아버지는 지금부터 강한 사람이 됩니다. 하루하루 더 열심히 긍정적인 마음으로 살게 될 겁니다. 술을 마셔도 울분이 터지지 않습니다. 그걸 컨트롤할 수 있을 만큼 충분히 어른스러운 사람이니까요. 물론 힘든 삶 속에서 희망찬 내일을 바라보는 마음가짐도 한몫하겠죠. 민지 아버지의 본성은 가족을 사랑하는 멋진 가장입니다. 앞으로 민지 아버지는 언제 어느 때든 그런 멋진 가장의 모습으로 살며, 힘든 시기를 잘 이겨 나갈 겁니다. 나보다 가족을 먼저 생각하고 가족을 지키고 존중해 주는 사람. 그게 민지 아버지입니다."

내가 원하는 것들을 말할 때마다 민지 아버지의 의식 속에 내 의지가 침투했다.

침투한 의지는 민지 아버지의 의식을 건드려 놓았다.

그전까지 깊이 박혀 있는 약해 빠진 의지들을 모두 없애고 강인한 의지를 박아 넣었다.

"민지 아버지는 지금까지의 삶을 진정으로 후회하고 반성했습니다. 그래서 새로 거듭난 겁니다. 민지 아버지는 민지 어머니가 어디에 있는지 알고 있습니다."

민지 어머니가 숨어 사는 친정집은 굳이 말로 알려주지 않아도 되었다.

내 의식은 그 저택의 위치까지 전부 머릿속으로 직접 전해 주었다.

"민지 어머니는 지금 동네 근처로 이사 온 친정아버지와 함께 있습니다. 물론 이건 제가 가르쳐 드린 게 아닙니다. 며칠 전부터 민지 아버지는 민지 어머니를 찾기 시작했고, 우연찮게 발견하게 된 것이죠. 아울러 민지는 지금 집에 있는 것을 확인했습니다. 민지는 아버지한테 얼른 엄마를 모시고 오라고 부탁했습니다. 그래서 민지 아버지는 당장 민지 어머니를 찾아가게 될 것입니다. 물론 술을 많이 마셨지요. 그러나 주사도, 흐트러진 모습도 보이지 않을 겁니다. 민지 아버지는 완전히 새사람이 되었으니까요."

필요한 일을 모두 마친 내 의식은 민지 아버지의 의식 속에서 빠져나왔다.

난 한 손을 올려 민지 아버지의 눈앞에 두고 말했다.

"이제 제가 셋을 세고 손을 튕기면 민지 아버지는 이전과 전혀 다른 사람이 되어 있을 겁니다. 자, 하나, 둘, 셋."

딱!

손가락을 튕기자 민지 아버지의 눈동자에 초점이 다시 돌아왔다.

그 순간 난 빠르게 달려 멀찍이 떨어진 골목 귀퉁이에 몸을 숨겼다.

민지 아버지는 정신이 없는지 머리를 휘휘 젓다가 미간을 찌푸리더니 눈을 크게 떴다.

"그래… 민지 엄마. 민지 엄마 데리러 가야지!"

민지 아버지가 닫혀 있는 집 문을 향해 소리쳤다.

"민지야! 아빠가 얼른 엄마 데려올 테니까 조금만 기다려! 알았지!"

민지 아버지는 후다닥 달려 민지 어머니가 있는 저택으로 향했다.

그제야 난 골목에서 나왔다.

"휴, 이제 된 건가?"

상덕이에게 전화를 걸었다.

신호음이 울리기 무섭게 녀석이 전화를 받았다.

—어떻게 됐어?

"잘됐지."

—그래? 그럼 이제 민지 데리고 가도 돼?

"응, 빨리 와. 최대한."

—알았어! 당장 갈게!

일이 잘됐다는 말에 상덕이의 음성은 날아갈 듯했다.

*　　　*　　　*

삼십 분 정도가 흘렀다.

상덕이는 싱글벙글 신난 얼굴로 민지의 손을 잡고 나타났다.

"뭐가 그렇게 즐겁냐?"

"그게~ 오다가 돈 주웠거든."

"돈? 얼마나?"

상덕이가 주머니에서 오백 원짜리 하나를 꺼내 내밀었다.

"무려 오백 원!"

…아니 근데 이 새끼가…….

"나랑 장난하자는 거냐."

"장난? 장난? 너 지금 오백 원 알기를 우습게 안다? 이런 게 하나하나 쌓이면 나중에 빌딩 살 자금이 되는 거야, 알아?"

"아니… 그게 아니고 옆을 봐라."

상덕이는 내가 시키는 대로 옆을 돌아봤다.

"옆? 아무것도 없는데."

"거기서 시선을 조금 내려봐."

이번에도 시키는 대로 고분고분 행동하는 상덕이.

"자, 내렸다. 뭐가 있…네?"

상덕이의 시야에 들어온 건 녀석의 손을 꼭 잡고 있는 민지였다.

"민지가 몇 살이냐."

"주, 중 일이지."

"그럼 네가 가다가 오백 원을 주웠을 때 그게 네 주머니로 들어가는 게 맞냐, 민지한테 주는 게 맞냐."

"미, 민지한테 주는 게 맞지……."

"어서 줘."

"응."

상덕이가 민지에게 오백 원을 건네주었다.

민지는 '감사합니다!' 하고 밝게 인사하더니 그 돈을 두 손으로 공손히 받았다.

그런 민지의 머리를 상덕이가 쓰다듬었다.

"민지는 인사성도 참 밝다. 엄청 예뻐! 나도 민지 같은 동생 하나 있었으면 좋겠다. 헤헤."

조금 전까지는 혼자 보기 힘들다고 우는소리만 계속하던 놈이……. 하여튼 연구 대상이다.

난 민지에게 다가가 쪼그려 앉아 눈높이를 맞췄다.

"민지야."

"네?"

"방금 오빠가 아버지를 만났어."

"정말요?"

"응. 그런데 오빠가 아버지한테 이런저런 얘기할 필요도 없더라?"

"왜요?"

난 손으로 민지의 뒤쪽을 가리켰다.

민지는 내 손을 따라 시선을 돌려 저 멀리 골목길을 바라봤다.

"저~기서부터 아버지가 막 뛰어오더니."

손을 움직여 집 앞을 가리켰다.

민지의 시선도 덩달아 움직였다.

"여기 문 앞에 서서 막 소리치더라. '아빠가 그동안 미안했다, 민지야! 아빠 이제 술 먹어도 괜찮아! 아무렇지 않아! 아빠가 얼른 엄마 찾아올게! 그러니까 집에서 기다리고 있어, 민지야!' 하고. 그러더니 다시 왔던 길로 달려가셨어. 집에 민지가 있다고 생각했었나 봐."

"아……."

민지의 눈에 눈물이 그렁그렁 맺혔다.

거짓말에 속은 것이긴 하지만 좋은 게 좋은 거다.

민지가 내 손을 꼭 잡았다.

"정말 감사해요, 오들리 님. 감사해요."

"감사 인사는 아빠가 온 다음에 해. 아빠 올 때까지 우리가 같이 기다려 줄게."

"네!"

민지의 목소리가 처음 만났을 때보다 훨씬 밝아졌다.

*　　　*　　　*

상덕이와 함께 민지의 아빠가 돌아오기를 기다렸다.

한 시간 정도가 흐르고 드디어 민지의 아빠가 민지 엄마의 손을 사이좋게 꼭 잡고 돌아오는 모습이 보였다.

"상덕아, 온다. 이제 빠지자."

"빠져? 갑자기 어디에 빠져?"

"아니, 여기서 빠져 주자고."

"왜? 일 잘 마무리되는지 봐야 하는 거 아니야?"

"조금 떨어져서 지켜보면 되지! 민지랑 같이 서 있다가 민지 부모님이 댁들 누구요! 그러면 뭐라 대답할래?"

그제야 상덕이는 자기 머리를 탁 쳤다.

"아, 그러네!"

"으이구, 화상아. 얼른 가자."

나와 상덕이는 민지에게서 떨어져 좁은 골목 뒤에 숨었다.

그러고는 고개만 빼꼼 내밀어 상황을 살폈다.

"근데 이렇게 멀리 떨어져 있으면 무슨 얘기 하는지 들을 수가 없잖아?"

상덕이가 투덜댔다.

하지만 그건 상덕이의 얘기다.

나는 민지 가족의 대화를 충분히 엿들을 수 있었다.

"아빠, 엄마~!"

민지가 소리치며 부모님에게 달려갔다.

그러자 민지 아버지가 민지를 품에 꼭 안아주었다.

"우리 민지 밖에서 아빠 기다리고 있었어?"

"네!"

"집에 들어가 있지 않고."

아버지의 품에 안겨 훌쩍이던 민지가 슬쩍 어머니를 바라봤다.

민지 어머니는 환히 미소 지으며 팔을 활짝 펼쳤다.

민지가 그런 어머니에게 와락 안겨들었다.

"엄마~! 어디 갔었어요! 흐아아아아앙!"

"미안. 미안해, 민지야. 엄마가 미안해. 엄마가 잘못했어. 두 번 다시 엄마, 민지 놔두고 어디 가지 않을게."

민지 어머니도 민지를 안고서 펑펑 울었다.

민지 아버지가 두 사람의 등을 천천히 쓸어내렸다.

"여보. 민지야. 지금까지 내가 정말 잘못했어. 미안했어.

이제는 술 마셔도 절대 예전처럼 못된 짓 하지 않겠다고 약속할게. 민지야, 아빠 정말 정신 차렸어. 지금도 술 이렇게 많이 먹었는데 아무렇지도 않잖아."

"그래, 민지야. 아빠 정말 많이 변했더라."

민지 어머니가 아버지의 말을 거들었다.

민지는 눈을 동그랗게 뜨고 되물었다.

"정말요?"

"응~ 처음에 아빠가 엄마 찾으러 왔을 때는 너무 놀랐었어. 술 냄새가 심하게 났거든. 그런데⋯ 술 냄새는 나는데 이상하게 멀쩡해 보이더라. 그런데 아빠가 이제 아무리 술을 먹어도 전처럼 나쁜 짓 하지 않을 수 있다고 하지 뭐야. 술도 자주 안 마실 거래. 앞으로는 민지랑 엄마 위해서 열심히 일할 거라고 했어. 우리 가족 지켜줄 거라고 약속했어."

"흐윽! 엄마~! 아빠아아아아!"

민지네 가족은 서로를 끌어안고 한참 동안 울었다.

그 광경을 보고 있자니 내 코끝도 찡해졌다.

그때였다.

띠링!

─술만 먹으면 폭력적으로 변하는 아빠 때문에 힘들어하던 민지네 가족을 도와주었네요~ 이제 민지네 가족은 다른 어떤 가족들보다 더

행복하게 살 수 있을 거예요! 선행을 쌓아 4링크가 주어집니다.

어라?

4링크?

왜 4링크나 주는 거지?

내가 선행을 했을 때 주어지는 링크의 기준은 도움을 바라는 사람의 수와 비례한다.

그런데 난 민지네 가족을 도왔다.

민지네 가족은 총 세 명이니 많이 받아야 3링크를 받아야 맞다.

'뭐지?'

곰곰이 생각하던 내 머릿속에 잠깐 잊고 있었던 한 명의 얼굴이 더 떠올랐다.

'아… 민지네 할아버지.'

민지네 할아버지는 이 동네로 이사 왔고, 민지의 엄마와 함께 생활을 하고 있었다.

민지네 아버지가 그런 민지네 할아버지 댁으로 가서 바뀐 모습을 보이며 민지 어머니를 데려왔으니, 민지 할아버지도 분명 안도했을 테지.

그래서 1링크가 추가되어 4링크를 얻게 된 모양이다.

"됐다, 상덕아. 이제 가자."

"어? 됐어?"

"보면 모르냐. 충분히 해결됐어. 가면 돼."

"영상은?"

"이번 것도 찍지 마."

"너 요새… 찍지 말라는 영상이 너무 많아진다? 이렇게 하다가 망하는 거 아니야?"

"우리가 안 찍어도 다른 직원분들이 충분히 잘 찍어서 올려주고 있으니 괜찮아."

"흠… 그렇긴 하지만. 에라, 모르겠다. 일 덜 하면 나야 좋지 뭐."

"가자."

"그래, 가자. 배고프다."

"민지랑 영화 끝나고 뭐 안 먹었어?"

"먹었는데, 긴장 풀리니까 또 배고프다. 밥 좀 사주라."

"…알았다, 웬수야."

그렇게 난 최면의 힘으로 또 하나의 의뢰를 마무리 지었다.

Chapter 2
다시 다운 타운으로

춘천으로 돌아오니 자정이 다 되어 있었다.

상덕이와 헤어져서 나는 집으로 돌아왔다.

가족들은 전부 잠에 빠져 있었다.

내 방에 들어서자마자 씻지도 않고 이불에 몸을 던졌다.

"흐아아, 좋다. 집이 최고지."

오늘 의뢰는 최면술이 없었다면 해결하기 힘들었을 것이
다.

하지만 적절한 시기에 최면 기술을 얻을 수 있었고, 의뢰를
수월히 해결하게 되었다.

가만히 누워서 이런저런 생각을 하고 있자니 잠이 솔솔 쏟

아졌다.

'씻어야 하는데……'

머릿속에서 그렇게 외치는데 몸이 말을 듣지 않는다.

'오늘 하루 정도는 씻지 않고 그냥 자도 괜찮지 않겠어?'

스스로 위로를 하는데, 불현 듯 오래전 이랑이가 했던 말이 떠올랐다.

'형, 화장품 같은 거 안 발라요? 요새는 남자도 피부 관리해야 돼요. 씻고 나면 기능에 따라 제품 발라주고, 나갔다 돌아오면 클렌징으로 꼭 지워주고. 안 그러면 공기가 하도 더러워서 피부 다 썩어요. 동안 얼굴 유지하고 싶음, 꼭 그렇게 해요. 화장품 바르기 귀찮으면 외출한 뒤에 씻기라도 잘해야 돼요.'

그 말이 떠오르는 것까진 괜찮았다.

그런데 동시에 아랑이의 얼굴이 어른거렸다.

아랑이는 나이에 비하자면 엄청난 동안이다.

정신을 차리고 나니 어느 순간 화장실에 와 있었다.

옷을 훌훌 벗어 세탁기에 넣고 샤워를 했다. 따뜻한 물에 몸을 적신 뒤, 바디 워시로 구석구석을 깨끗이 씻어냈다. 머리를 감고 세수를 하고 이까지 박박 닦은 후에 수건 한 장을 허리에 둘렀다.

겉옷과 속옷을 모두 세탁기에 넣어버려서 걸칠 게 없었기 때문이다.

나는 후다닥 화장실에서 나와 내 방으로 들어와 문을 잠갔다.

그런데.

"보기 흉하군."

"헉!"

하마터면 비명을 지를 뻔했다.

언제 들어왔는지 카시아스가 내 방 의자에 앉아 있었던 것이다.

그런데… 평소와 달리 사람의 모습이었다.

"너… 뭐야? 왜 왔어?"

"옷부터 입지?"

"아!"

난 황급히 속옷과 옷을 찾아 꺼냈다.

카시아스는 그런 날 물끄러미 보고 있었다.

"뭐하는 거야?"

"뭐가?"

"나 옷 입을 거야."

"그런데?"

"보겠다고?"

"성적 흥분 같은 건 조금도 하지 않을 테니 걱정 마라."

"내가 싫다고."

"그래서?"

…깜빡 했다.

말이 통하는 인간이 아니었지.

난 카시아스의 뒤로 돌아가서 얼른 옷을 입었다.

다행히 카시아스는 고개를 돌리는 얄궂은 짓은 하지 않았다.

"갑자기 왜 온 거야?"

"손님이 찾아오면 차라도 먼저 내오는 게 예의 아닌가?"

"우리가 예의 차릴 사이냐. 찾아온 목적이나 말해."

"오늘 설열음 만났지?"

"…또 미행했냐."

"남의 취미 생활에 이래라저래라 하지 마."

대체 어떻게 생활하면 미행이 취미가 되는 건데?

어쨌든 그렇다면 날 찾아온 이유는 이걸로 확실해졌네.

"다운 타운 얘기하러 온 거지?"

"맞아."

"네가 굳이 이렇게 조바심 내서 찾아오지 않아도 될 일이었어. 가기로 마음먹었으니까."

"왜 생각이 바뀐 거지?"

"네가 계속 보챘던 것도 있고……."

내가 말끝을 흐리자 카시아스가 재촉해 물었다.

"그리고?"

"그리고… 어떤 놈이 날 좀 보고 싶다 그래서, 제대로 보여

주려고."

"또 추천받은 건가?"

"추천이라기 보단 초대의 개념이겠지. 저번 데스 파이트에서 이랑이를 노예로 사들이려 했던 귀족 기억나?"

"얼굴은. 이름은 몰라."

"이름이 무함마드라더라. 그 인간이 날 초대했대."

"알만하군. 자기 것을 빼앗아 간 데에 대한 복수라는 건가?"

"그런 거지."

카시아스는 잠시 입을 다물고서 가만히 날 바라보았다.

그 시선이 어쩐지 평소답지 않고 부담스러워서 그녀에게 물었다.

"왜?"

"역시 그렇구나 싶어서."

"뭐가 역시 그래?"

"네가 내 부탁 때문에 거길 갈 리 없지."

뭐야, 이 감성적인 반응은?

늘 냉철하고 이성적으로, 게다가 자기중심적으로만 행동하던 녀석이 갑자기 이런 말을 하니까 적응이 안 되다 못해 어색할 지경이다.

그런데 카시아스가 오해하고 있는 게 하나 있다.

"저기 말야, 내가 다운 타운으로 갈 결정적 원인을 제공한 건 무함마드가 맞아. 그런데… 나 너한테도 말했지만 그전부터 네 부탁 들어주겠다고 마음먹은 거 진짜거든?"

"……."

카시아스는 아무런 대답 없이 날 관조했다.

그 표정이 여태껏 본 적 없던 것이라서 상당히 낯설었다.

오늘따라 왜 이러는 건지 모르겠다.

아무튼 난 하려던 말을 마무리 지었다.

"한마디로 무함마드 때문에 다운 타운에 간다기보단 네 부탁 때문에 가는 거라고."

"…그렇군."

대답이 뭐 이리 싱거워.

내가 손발이 오글거리는 걸 참아가면서까지 얘기했으면, 좀 더 풍부한 반응을 보여야 하는 거 아니야?

이 녀석이 워낙 안 보이던 모습을 보여서 괜히 나만 감정적이 된 모양이다.

내 얘기를 다 듣고 난 카시아스는 느닷없이 벌떡 일어났다.

순간 그녀의 모습이 환한 빛에 휩싸였다. 사위를 밝히던 빛은 삽시간에 사라졌다. 빛이 명멸한 곳엔 검은 고양이 한 마리가 서서 날 바라보고 있었다.

"왜 갑자기 변신하고 그래?"

"간다."

"용무 끝났으니 잽싸게 돌아가시겠다?"

"그래."

"얼른 가라. 나도 피곤해서 빨리 쓰러져 자고 싶으니까."

"내일 아침에 찾아오도록 하지."

카시아스가 내게 둔 시선을 창으로 돌렸다. 동시에 닫혀 있던 창문이 옆으로 스르르 열렸다.

카시아스는 창틀로 가볍게 뛰어올랐다.

그런 녀석의 몸 위로 달빛이 아스라이 내려앉았다.

당장에라도 창 너머로 뛰쳐나갈 것처럼 행동하던 녀석은, 그러나 무슨 일인지 가만히 서서 뜸을 들였다.

그러다 문득.

"고마워."

그 한마디를 남겨 놓고서는 바람처럼 사라져 버렸다.

"……."

난 내 귀를 의심했다.

지금 저 녀석의 입에서 고맙다는 말이 나왔단 말야? 정말로?

"허, 허허허."

나도 모르게 헛웃음이 흘러나왔다.

살다 보니 별일이 다 있다는 건 이런 경우를 두고 하는 말이 분명하다.

*　　　*　　　*

아침 일찍 일어나 집을 나섰다.

설열음에게는 어젯밤, 잠들기 전에 데스 파이트에 참가하겠노라고 말을 해둔 터였다.

집 앞 골목길을 빠져나오자마자 검은 고양이 한 마리가 내 어깨 위에 올라탔다.

당연한 얘기지만 그 검은 고양이는 카시아스였다.

"어디서 만나기로 했지?"

카시아스는 내 귀에 대고 조용히 속삭였다.

거리에 지나다니는 사람이 많았기 때문이다.

하지만 이런 건 원래 이 녀석의 패턴이 아니잖아?

"왜 갑자기 소곤거려? 그냥 텔레파시로 해."

"내 마음이다. 입 닥치고 대답이나 해라."

"…입 닥치고 어떻게 대답을 하라는 거냐."

잠깐 패턴을 벗어났다고 생각했는데 아닌 모양이다.

이 녀석은 여전히 제 하고 싶은 대로 하고 사는 만렙 마이 페이스 유저다.

"어디서 만나냐니까."

"여기서."

내가 대답을 하자마자 저 멀리서부터 부다다다다다! 하는 소음이 들려왔다.

뒤이어 급정거.

끼이이이익!

설열음이 검은 바이크를 몰고 와 내 옆에 섰다.

그녀가 헬멧 고글을 올리고 카시아스를 바라보았다. 그녀의 눈동자가 살짝 흔들렸다.

"달봉아."

설열음은 일전에 카시아스에게 제멋대로 달봉이라는 이름을 붙였었다.

카시아스는 그 이름을 심히 거슬려했다.

하지만 어쩌겠는가.

설열음 역시 달봉이 못지않은 만렙 마이 페이스 유저다.

한번 달봉이라고 불렀으면 그녀에게 카시아스는 끝까지 달봉이인 것이다.

"달봉아, 보고 싶었어."

"......"

카시아스는 대답 없이 그녀를 외면했다.

그러자 설열음의 어깨가 밑으로 추욱 처졌다.

어째 그녀의 머리 위에만 먹구름이 한가득 끼어 있는 것 같다.

"달봉이는 나 안 보고 싶었니?"

여전히 카시아스는 설열음을 무시했다.

그에 설열음은 한숨을 푹 내쉬었다.

"하아, 이번 생은 내게 무의미해."

이 여자가 근데 고양이 한 마리 때문에 왜 이렇게 무너진 대?

하여튼 늘 자기 멋대로 굴다가 고양이 앞에만 서면 사람이 멍청이가 되어버린다.

"어이, 설열음. 그런데 굳이 뭐하러 오늘 만나자고 한 거야? 생각해 보니까 말야, 나한테도 이게 있거든."

말을 하며 난 얇은 육각형 모양의 펜던트 포털을 꺼내 들었다.

"다운 타운은 이 포털로 가면 되는 거잖아?"

"맞아."

"네가 없어도 충분히 혼자 갈 수 있는데, 만날 필요가 있냐고."

설열음은 대답 없이 날 쏘아봤다.

아주 죽일 듯한 눈빛으로.

그러더니 애정을 갈구하는 아이의 눈빛이 되어 카시아스를 바라보았다.

그 간단한 두 가지 동작만으로 모든 대답이 되었다.

"…너 달봉이 일찍 보고 싶어서 만나자고 한 거냐?"

"그래."

"그리고 달봉이가 나만 좋아하니까 질투 나?"

"당연."

"참 솔직하게 살아서 좋겠다."

뭐가 이리 거침없어?

하여튼 이 고양이 덕후 같은 여자랑 말 섞어봤자 득 될 게 아무것도 없다.

"소원대로 달봉이 봤으니까 됐지? 나는 적당히 사람 없는 곳으로 가서 다운 타운으로 갈 테니까……."

"아니."

설열음이 내 말을 잘랐다.

난 당황해서 그녀에게 물었다.

"뭐가 아니야?"

"내가 데려다줄게. 인적 드문 장소. 뒤에 타."

"혼자 간다니까."

"내가 월권을 행사해서 널 다운 타운으로 가지 못하게 만들 수도 있어."

그 말에 카시아스가 텔레파시를 보냈다.

[그냥 시키는 대로 해.]

[아… 진짜 피곤해진다.]

[어서.]

[알았다, 알았어.]

나는 설열음의 뒤로 올라탔다.

그런데 설열음은 그런 내게 몸을 바짝 밀어 붙이는 게 아닌가?

"왜 이래?"

"……."

설열음에게서 대답은 들려오지 않았다.

대체 이 행동이 무얼 의미하는 건지 한참 생각하던 난, 그것이 조금이라도 카시아스에게 닿기 위한 것이었다는 걸 깨달았다.

"하아."

진짜 답 안 나오는 여자다.

난 카시아시의 꼬리를 잡아 설열음의 목덜미를 간질여 주었다.

그러자 설열음의 전신이 환희에 찬 듯 부르르 떨렸다.

"출…발한다."

말을 하는 설열음의 음성이 살짝 떨려왔다.

그러더니 부다다다다! 하며 급출발했다.

난 바닥에 굴러떨어졌다.

쾅!

"윽!"

이 정신 나간 여자야!

뒤에 앉은 사람이 뭘 붙잡은 다음 출발해야 할 거 아냐!

＊　　＊　　＊

우여곡절 끝에 설열음과 나는 인적 드문 곳으로 이동할 수 있었다.

그곳에서 세 사람이 다운 타운으로 향할 수 있는 포털을 열었다.

난 아가리를 쩍 벌린 포털 속으로 들어가려다 말고 머뭇거렸다.

그런 날 보며 설열음이 물었다.

"안 들어가?"

"이거… 속 엄청 뒤집어지던데."

무식하면 용감하다고 아무것도 몰랐을 때야 씩씩하게 들어갔었지만, 한번 경험해 본 지금은 아무래도 망설여진다.

차라리 몸이 아픈 게 낫지, 속 뒤집어지는 건 정말 참기가 힘들다.

"빨리 들어가. 포털이 평생 저 상태로 유지되는 건 아니야."

"나도 알아. 들어갈 거야."

정말이지 들어가기 싫은 걸 억지로 참아가며 겨우 발을 움직였다.

뒤이어 설열음도 나를 따라 포털 안으로 들어섰다.

벌어져 있던 차원의 문이 빠르게 닫혔다.

이어 속이 울렁거렸다.

*　　　*　　　*

참으로 오래간만에 느껴보는 기분이다.

어떤 기분이냐고?

말 그대로 최악.

오장육부가 죄다 거꾸로 뒤집혀 처박힌 것 같다.

"으으윽."

배를 움켜쥐고 비틀거리는 나와 달리 설열음은 아무렇지 않은 얼굴이었다.

설열음이 정신 못 차리는 내 목덜미를 잡아챘다.

그 순간 닫혔던 차원의 문, 포털이 다시 열렸다.

설열음은 내 목덜미를 확 당겨 포털 밖으로 내몰았다.

그녀가 포털에서 나오고 난 뒤, 문은 다시 닫혔다.

"으으으."

여전히 속이 울렁거려 괴로워하는 내 앞엔 익숙한 광경이 펼쳐져 있었다.

발밑에 깔린 강철 바닥.

저 멀리 보이는 커다란 돔 형태의 건물, 콜로세움.

더불어 지하임에도 불구하고 버젓이 존재하는 하늘.

물론 저 하늘은 가짜다.

홀로그램이라는 기술로 사람의 눈을 속이는 것이라고 설열음이 말해줬었다.

데스 파이트는 바로 저 콜로세움에서 벌어진다.

데스 파이트에는 총 다섯 개의 출입구가 존재한다.

그중 네 개는 동서남북으로 나 있으며 관객들이 입장하는 문이다.

나처럼 데스 파이트에 출전하는 나이트들은 남동쪽 문인 헬 게이트를 이용해야 한다.

우리는 헬 게이트를 통해 콜로세움에 입장했다.

"이 문은 지나갈 때마다 기분이 영 찝찝하단 말야."

그도 그럴 것이 헬 게이트는 그 후진 작명 센스처럼 쩍 벌어진 악마의 아가리처럼 디자인을 해놨기 때문이다.

헬 게이트를 지나가니 붉은 복도가 나타났다.

긴 복도의 양옆으로는 많은 방문이 있었다. 이제 설열음은 이 방들 중 한 곳을 내게 지정해 줄 것이다.

그곳이 바로 선수 대기실이 된다.

설열음은 긴 복도를 빠르게 걷다가 급히 멈춰 서더니 오른쪽 방문을 가리켰다.

방문엔 '나이트 어벤저'라는 이름표가 붙어 있었다.

어벤저라는 건 내가 데스 파이트에서 사용하는 가명이다.

"여기야. 그리고 이거."

설열음은 닷을 건네주었다.

닷은 까만색 복점처럼 생긴 작은 다국어 통역기다.

난 그걸 넘겨받아 귀 안쪽에 붙였다.

"그럼 그만 가볼게. 룰은 다 알고 있지?"

"응."

"그리고… 달봉이는……."

설열음이 애타는 시선을 달봉이… 아니 카시아스에게 보냈다.

[어쩔 거야?]

내가 텔레파시로 묻자 카시아스가 대답했다.

[넘겨줘. 너랑 같이 있어봤자 꼼짝없이 대기실에 갇혀 있기 밖에 더하겠냐.]

[그딴 거 마법으로 '짜잔' 하고 탈출해 버리면 되는 거 아니야?]

[설열음에게 붙어 있으면 그녀가 상부층과 나누는 무전을 엿들을 수 있겠지. 거기서 다운 타운에 대한 정보를 캐낼 생각이다.]

[그래? 네가 그렇다면야, 뭐.]

난 카시아스의 목덜미를 잡아 설열음에게 내밀었다.

"가져가."

순간 설열음의 볼에 살짝 홍조가 어렸다.

그녀는 카시아스를 넘겨받자마자 이제껏 보지 못했던 호감 어린 시선을 내게 던졌다.

"너… 생각보다 괜찮은 애구나?"

"뭐?"

"조금은 좋아졌어, 너."

"…뭐?"

"정보를 하나 줄게. 오늘 참가한 나이트는 총 열여섯 명이야. 그중 가장 조심해야 할 건 나이트 뉴클리어. 말 그대로 핵폭탄 같은 인간이지. 뉴클리어는 대진 번호 1번, 넌 16번이야. 아울러 뉴클리어는 무함마드에게 사주를 받고 이 대회에 출전했지. 뉴클리어가 널 죽이면 무함마드에게 어마어마한 돈을 받게 될 거야."

"무함마드… 이 자식 진짜 본때를 보여줘야겠네. 근데 뉴클리어가 대진 번호 1번이고, 내가 16번이면 끝에서 끝이잖아? 토너먼트식으로 경기가 치러질 텐데 뉴클리어랑 나는 둘 다 끝까지 살아남는다는 조건하에 결국 결승전에서 붙게 되겠네?"

"응."

"우연이라고 하기에는 너무 작위적인데?"

"다운 타운은 돈으로 불가능한 게 없는 세상이니까."

한마디로 무함마드가 데스 파이트 관계자에게 돈을 뿌려 대진 순서를 조작했다는 것이다.

"데스 파이트의 룰대로 1회전을 치르고 승리할 경우 2회전에 나가지 않아도 돼. 뉴클리어가 두렵다면 1회전만 승리하고 집으로 돌아가면 끝이야."

"꼬리를 감추고 도망가라? 그럴 순 없지."

"내 호의는 여기까지. 네가 더 좋아진 기념으로 말해준 거니까 고맙게 생각하진 않아도 돼. 그럼 이만."

설열음은 카시아스의 머리를 살살 쓰다듬으며 사라졌다.

하여튼 특이한 여자라니까.

*   *   *

─나이트들에게 경기 룰에 대해서 설명해 드리겠습니다. 나이트들은 총기류가 아니라면 어떤 무기를 사용해도 무방합니다. 경기 중 상대방을 죽여도 상관없습니다. 그럼 오늘의 데스 파이트 1회전 제1시합, 나이트 뉴클리어 대 나이트 켈베로스! 시작하겠습니다!

난 선수 대기실에서 모니터를 관전하고 있었다.

열여섯 명이 싸우게 되니 1회전은 총 8시합까지 치르게 된다.

1시합은 무함마드에게 날 죽이라 사주받은 뉴클리어와 켈베로스의 대결이었다.

난 뉴클리어가 어떤 놈인지 파악하기 위해 신중히 경기를 지켜보기로 했다.

뉴클리어는 얼굴을 하얀 가면으로 가린 채 몸매가 훤히 드러나는 검은 타이즈를 입고 있었다.

녀석은 근육질이라기보단 조금 마른 듯한 체형이었다.

반면 켈베로스는 뉴클리어와 상반되는 사내였다.

어림잡아도 그의 키는 2미터 30은 족히 되는 것 같았다.

몸은 커다란 근육덩어리들로 우락부락했고, 얼굴은 야차처럼 험악했다.

그는 사람이라기보단 거인에 가까웠다.

켈베로스가 주먹을 말아 쥐더니 바닥을 쾅! 쳤다.

쿠와아앙!

엄청난 폭음과 함께 지면에 미세한 진동이 일었다.

그의 주먹이 틀어박힌 바닥은 충격으로 인해 푹 파여 들어갔다.

사방으로 흙모래가 비산했다.

켈베로스가 히죽 웃으며 뉴클리어를 노려보았다.

딴에는 기선제압을 한 것이다.

그런 켈베로스의 과격한 행동에 관중석을 가득 채운 귀족들은 열광했다.

"잘한다, 켈베로스!"

"저 가면 쓴 이상한 놈을 잡아라!"

"오늘도 3연승 하라고!"

귀족들의 분위기를 보아하니 뉴클리어는 이번에 처음 출전하는 모양이었다.

반면 켈베로스는 이 바닥에서 아주 유명한 나이트인 모양이다.

오늘도 3연승이라는 말은 그 이전에 여러 번 3연승의 기록을 세운 적이 있다는 말이기 때문이다.

켈베로스가 광기에 찬 시선을 사방으로 흩뿌렸다.

그러고는 성난 황소처럼 뉴클리어에게 달려들었다.

뉴클리어는 그런 켈베로스를 막을 생각도 없이 가만히 서 있었다.

그 거대한 다리를 날렵하게 놀려 순식간에 둘 사이의 거리를 좁힌 켈베로스가 뉴클리어의 목을 움켜쥐려 했다.

저 거대한 손에 목이 잡히면 분명 부러지고 말 게 뻔했다.

그런데 그때!

"나한테 그렇게 까불면 혼나지… 아마."

서걱! 서걱! 서걱! 서걱!

"응?"

뉴클리어에게 내뻗던 켈베로스의 팔이 수십 조각 나 바닥으로 후두둑 떨어져 내렸다.

뉴클리어는 지금 자신에게 벌어진 상황이 이해가 가질 않는 얼굴이었다.

팔꿈치까지 사라져 버린 오른팔을 멍하니 바라보다가 피가 울컥거리며 솟구치고 난 뒤, 비명을 질렀다.

"우, 우아아아아아악!"

켈베로스가 기겁하며 뒤로 물러났다.

뉴클리어는 그런 켈베로스에게 천천히 다가갔다.

"이 버러지 같은 새끼! 무슨 속임수를 쓴 거냐!"

켈베로스의 벼락같은 노호성이 스피커를 타고 들어와 대기실 안을 쩌렁쩌렁 울렸다.

모니터 속에 보이는 귀족들도 일제히 귀를 틀어막았다.

하지만 뉴클리어는 여전히 느긋한 폼으로 켈베로스에게 다가갈 뿐이었다.

"네놈은 죽인다! 내가 죽인다!"

켈베로스가 뉴클리어에게 바람처럼 달려들었다.

아직 멀쩡한 그의 주먹이 일반인의 눈에는 보이지도 않을 만큼 빠르게 튀어나갔다.

하지만 뉴클리어는 이번에도 느긋했다.

싸우러 나왔다기보단 차라리 산책을 하고 있는 사람을 보는 것 같을 정도였다.

전의를 불태우는 켈베로스에 비해 뉴클리어는 너무나 여유로웠다.

그것은 곧 실력의 차이가 얼마나 나는지를 보여주는 것과 다름없었다.

사람이 개미를 밟아 죽일 때 긴장하던가?

온 힘을 다 쏟던가?

지금은 뉴클리어가 사람이고 켈베로스가 개미였다.

콰앙!

켈베로스의 주먹은 뉴클리어의 코앞에서 보이지 않는 무형의 기운에 막혀 버린 듯했다.

"크으윽! 크아아아아아아!"

켈베로스가 다시 주먹을 거두어들였다가 빠르게 내뻗었다.

하지만 결과는 마찬가지였다.

콰앙!

켈베로스의 행동에 귀족들이 수군거리기 시작했다.

"왜 저렇게 맥을 못 써?"

"대진운이 좋지 않았어. 내가 보기에 뉴클리어라는 저놈은 초능력자다."

"초능력자?!"

"그래. 가끔씩 저렇게 초능력자들이 데스 파이트에 참여하고는 하지."

"그럼 이 시합 보나 마나……."

"뉴클리어가 이긴다."

초능력자?

초능력자가 데스 파이트에 나왔다고?

'하긴… 나 같은 놈도 있는데 세상에 초능력자가 없을 거라는 건 안일한 생각이지.'

켈베로스는 계속해서 주먹을 휘둘렀다.

하지만 보이지 않는 무형의 막은 그런 켈베로스의 주먹이 뉴클리어의 얼굴에 닿지 못하게 했다.

"우어어어어어어!"

켈베로스는 점점 더 미친 듯이 주먹을 내리쳤다.

그럴수록 오히려 망가지는 건 녀석의 주먹이었다.

살이 터지고 뼈가 부러져 주먹은 이미 온전한 형태를 알아보기 힘들 정도로 엉망이 되었다.

"이제 그만해야겠지… 아마."

뉴클리어의 나직한 한마디가 흘러나왔다.

이어 켈베로스가 휘두르던 주먹이 펑! 하고 터져 나갔다.

마치 풍선이 터지듯.

그러고서는 연달아 팔목과 팔뚝, 팔꿈치, 어깨가 터졌다.

켈베로스의 뼈와 살이 다진 고깃덩이가 되어 사방으로 퍼져 나갔다.

"크아아아아악!"

양팔을 다 잃어버린 켈베로스가 고통에 몸부림쳤다.

뉴클리어는 그런 켈베로스에게 여전히 편안한 걸음걸이로 다가갔다.

켈베로스는 뉴클리어의 위압감에 겁을 집어먹고 주춤주춤 뒷걸음질쳤다.

그의 얼굴에서 이미 전의는 사라져 있었다.

경기장의 흙바닥이 붉은 피로 뒤덮이자 객석에서 열화와 같은 함성이 터져 나왔다.

와아아아아아아!

몇몇 귀족은 일어서서 박수까지 쳐 댔다.

"잘한다, 뉴클리어! 그래! 이래야 재미있지!"

"죽여라!"

"죽여 버려!"

사방에서 켈베로스를 죽이라는 말이 빗발쳤다.

반면 켈베로스는 다가오는 뉴클리어에게 고개를 절레절레
저으며 애원했다.

"사, 살려줘… 살려줘, 제발."

"여태껏 내게 주먹을 들이대고 살아난 사람은 없었지… 아
마."

저 녀석은 말끝마다 '아마'라는 단어를 붙이는 습관이 있
는 모양이다.

내가 그런 생각을 하고 있을 때였다.

서거거거거걱!

살이 썰리는 소름끼치는 소리가 들려왔다.

켈베로스의 눈이 붉게 충혈됐다.

이어, 그가 뒤로 한 걸음을 옮기는 순간.

퍼어어어엉!

녀석의 육신이 수십 조각 나며 터져 나갔다.

피와 살 조각, 제 형태를 잃어버린 뼛조각이 사방으로 날아
가 후두둑 떨어져 내렸다.

하지만 코앞에 서 있던 뉴클리어의 몸엔 핏방울 하나도 튀기지 않았다.

좀 전에 모았던 무형의 막으로 보호를 한 모양이다.

―제1회전 1시합 승자는 뉴클리어.

켈베로스가 형체도 알아볼 수 없는 상태로 죽임을 당한 뒤, 사회자의 무미건조한 멘트가 들려왔다.

동시에 귀족들이 우레와 같은 함성을 보냈다.

와아아아아아아아!

뉴클리어는 그런 반응에도 전혀 동요하지 않고서 경기장을 벗어났다.

Chapter 3
나이트 닌자

뉴클리어의 시합이 끝난 뒤로 계속해서 2시합, 3시합이 이어졌다.

내 눈은 모니터에 고정되어 있었으나 시합의 내용이 잘 들어오지 않았다.

뉴클리어 때문이었다.

그 녀석의 능력이 무언지 궁금했다.

'염력 같은 건가?'

내게도 라헬에게서 산 능력 중 염력이 있긴 했다.

시다스의 능력으로 무형의 기운을 운용할 수 있다. 이를테면 물체에 손을 대지 않고 옮긴다든가, 상대방에게 타격을 준다거나 하는 게 가능하다.

아직 제대로 사용해본 적은 없었다.

'지금 사용해 봐야겠어.'

염력은 다행스럽게도 패시브 스킬이었다.

내가 마음만 먹으면 얼마든지 사용할 수 있었다.

난 염력을 시전했다.

그러자 말로 설명할 수 없는 기이한 기운이 내 몸 안에 가득 차는 것이 느껴졌다.

난 그 무형의 기운을 밖으로 배출했다.

그리고 기운을 움직여 테이블 앞에 놓인 의자를 들어 올렸다.

의자는 대단히 쉽게 들어 올려졌다.

마치 누군가 마술을 부린 것 같은 광경이었다.

'여기서 의자를 부수려면 무형의 기운을 압축시켜서 압박을 가하면 되는 건가?'

내가 생각한 원리를 그대로 적용해 보았다.

무형의 기운이 압축되며 허공에 떠 있는 의자가 바르르 떨렸다.

난 기운을 더욱 강하게 압축시켰고, 의자는 비로소 콰지직! 하며 산산조각이 났다.

'됐어!'

일단은 염력으로 상대방을 얼마든지 공격할 수 있다는 걸 알았다.

그 운용법도 쉽게 깨달을 수 있었다.

'이런 식이라면 뉴클리어처럼 이 무형의 기운으로 스스로를 보호하는 것도 가능하겠지.'

무형의 기운으로 내 몸 주변을 둘러싸면 되는 것이다.

그럼 상대방의 눈에는 보이지 않는 투명한 방패가 형성되고, 그의 공격은 내 몸에 닿지 않는다.

자, 이제 남은 건 시다스의 공격법을 파헤치는 것이다.

시다스는 내가 한 것처럼 무형의 기운을 압축해서 상대를 공격하지 않았다.

날카롭게 육신을 베어 버린 후, 터뜨리는 식이었다.

'무형의 기운을 칼처럼 만들어볼까?'

나는 생각하는 즉시 무형의 기운은 내 의지대로 변형을 일으켰다.

물론 그 기운 자체는 내 눈에도 보이지 않았다. 하지만 감각으로 확연히 알 수 있었다.

난 날카롭게 변한 무형의 기운으로 테이블을 갈랐다.

서걱!

테이블은 깔끔하게 잘려 나가 두 동강이 났다.

나무 테이블이 아니었다.

단단한 철로 만들어진 철제 테이블이었다.

그럼에도 두부 썰리듯 썰려 나갔다.

'이런 식이군. 염력… 대단한 기술인데?'

이게 이렇게까지 무서운 능력일 줄이라곤 상상도 하지 못했었다.

'그럼 터뜨려 버리는 건?'

분명 켈베로스의 육신은 썰린 다음 폭발하듯 터져 나갔다.

'의자를 부술 때 무형의 기운을 압축하는 건 가능했었어.'

이후에 내가 무형의 기운을 가만히 놔두었더니 다시 원래의 상태로 돌아왔었다.

무형의 기운은 내 의지대로 그 형태를 달리하지만, 딱히 어떤 의지가 전해지지 않으면 원래 상태로 돌아오려는 성질이 있다.

'그럼 혹시… 기운을 순식간에 한계까지 압축한 뒤, 의지를 거두어들이는 건 아닐까?'

무형의 기운을 빠르게 압축한 다음 의지를 거두면, 무형의 기운은 원래의 상태로 금세 돌아올 것이다.

그 순간 폭발이 일어나는 듯했다.

역시나 이론만으로는 답을 찾아낼 수 없으니 이번에도 실험을 해보았다.

난 두 동강 난 테이블 중 한 조각 속에 무형의 기운을 집어넣은 뒤 빠르게 한계까지 압축시켰다.

그리고 의지를 거두었다.

그 순간.

퍼엉!

원래 상태로 돌아오며 폭발해 버린 무형의 기운에 의해 테이블은 터져 나가며 산산조각이 났다.

사방에 철가루가 마구 날렸다.

난 얼른 숨을 참고 테이블의 파편들에서 멀리 떨어졌다.

'빙고.'

어찌 되었든 답을 찾았다.

뉴클리어가 사용하는 초능력은 염력이 확실했다.

하지만 염력의 활용법은 이전부터 사용해 왔던 녀석이 나보다 더 능수능란할 것이다.

그러니 나도 똑같이 염력으로 맞대응하긴 무리다.

내가 굳이 염력으로 녀석의 공격법을 연구한 건, 그 힘의 정체를 확실히 하기 위해서였다.

그것을 알아야 파훼법도 생기는 법이니까.

'녀석의 염력을 내 육신의 힘으로 뚫을 수 있을까?'

뚫을 수 없다면 마법과 투명화, 그리고 중력 제어로 상대하는 것이 최선일 듯했다.

이런저런 생각을 하는 사이 1회전의 7시합이 다 끝났다.

그동안 죽어나간 사람은 다섯.

살아남은 두 사람은 배팅을 제일 많이 한 귀족의 노예가 되었다.

이제 1회전의 마지막 8시합이 시작된다.

내가 나가야 하는 시합이다.

―나이트 닌자, 나이트 어벤저는 경기장으로 나오십시오.

사회자의 음성이 스피커를 통해 들려왔다.

철컹.

동시에 잠겨 있던 내 방문이 열렸다.

방문 앞에는 설열음과 그녀의 어깨 위에 올라탄 카시아스가 서 있었다.

"네 차례야."

"알아."

설열음에게 대답하며 카시아스에게 텔레파시를 보냈다.

[뭐 알아낸 거 있어?]

[아직.]

[대답 참 간단하다. 뭐 엄청난 걸 알아낼 것처럼 따라가더니.]

[그녀가 상부와 연락을 취해야 어떤 정보를 얻어도 얻어낼 것 아니냐.]

[상부에서 연락 오지 않으면 아무런 정보도 얻지 못하고서 털레털레 돌아올 셈이야?]

[어쩔 수 없지. 그때는 자력으로 알아내야지.]

[차라리 지금부터 그러는 게 어때.]

[귀찮다.]

[다운 타운 가자고 그렇게 난리 칠 때는 언제고. 진짜 이해 안 되는 인간이다, 너도.]

[네 알량한 의식의 수준으로는 감히 날 이해한다는 게 당연히 어려울 테지.]

[…설열음만 아니었으면 당장 모가지를 졸랐을 거야.]

[방금 그 개그는 제법 재미있었다.]

말을 말자.

애초부터 말로는 이길 수 없는 녀석이다.

이겨보려고 할수록 내 속만 더 터진다.

설열음을 따라 경기장의 입구에 도착했다.

"오랜만이네, 여기."

"죽지 마."

설열음이 말했다.

난 그녀에게 피식 웃어주었다.

"절대 안 죽어. 이런 후진 곳에서는."

"그럼 노예가 될 가능성이 높겠네."

"내 실력 못 봐서 그래? 그딴 걱정 하지 않아도 돼."

"걱정한 거 아닌데. 네가 달봉이 주인이라서 챙겨주는 척한 거야."

"아주 고맙다. 대단히 영광스럽네."

그렇게 쓸데없는 잡담을 주고받는 사이 경기장의 문이 열렸다.

전에 치러진 전투들로 인해 유혈이 낭자한 흙바닥을 밟고 경기장의 중앙에 섰다.

내 맞은편에는 닌자의 복장을 한 녀석이 등에 일본도를 차고 서 있었다.

'닉네임이 나이트 닌자라더니 이름값 하네.'

아마도 정통 닌자의 기술을 전수받은 녀석이겠지.

놈이 사나운 시선을 내게 던지며 말했다.

"그대는 죽음을 받아들일 준비가 되었는가?"

주접 싸고 있네.

지금 시대극 찍고 있는 줄 아나.

"뒈지기 싫으면 아가리 닥쳐."

"지금 한 그 말이 그대의 마지막 유언이라면 죽음과 입 맞출 때 대단히 후회하게 될 터. 괜찮겠는가?"

그냥 얘랑은 말을 섞지 말아야겠다.

한 마디 한 마디가 손발이 오그러들어 참기가 힘들어진다.

─1회전 8시합 나이트 어벤저와 나이트 닌자의 대결이 시작되겠습니다. 나이트 어벤저는 일전에 데스 파이트에 참가, 총 3번의 우승을 치른 뒤 세이브 카드를 쟁취. 노예가 될 뻔했던 자신의 동료를 데리고 돌아갔던 전적이 있습니다. 그리고 그는 잔인합니

다. 자신의 적을 죽이지 않습니다. 그보다 고통스러운 삶을 선사합니다. 상대를 반신불수로 만들어놓습니다. 이번에도 귀족들은 그런 나이트 어벤저의 잔인한 행보를 기대하고 있을 겁니다.

사회자의 말이 끝나자 객석에서 귀족들의 함성이 터져 나왔다.

우와아아아아아아!

"이번에도 화끈하게 가자, 나이트 어벤저!"

"불구로 만들어 버려!"

"거시기를 잘라 버리는 것도 나쁘지 않지!"

"난 무조건 나이트 어벤저에게 걸었다!"

미치겠군.

사회자가 날 무슨 악의 화신인 양 소개해 버린 탓에 경기장의 분위기는 과열되었다.

그러나 닌자는 조금도 동요하지 않는 눈치였다.

그 녀석의 주변만 고요함, 정적으로 가득 찬 듯했다.

말은 좀 오글거리게 해도 정신 수양은 잘 쌓아온 것 같았다.

"그대에게 원한은 없으나, 칼을 뽑으면 상대의 목을 취하기 전엔 거두어들인 적 없는바. 고통이 따르더라도 이해하게나."

"계속 주접 쌀래?"

"그럼 가겠네."

말과 함께 닌자의 모습이 사라졌다.

'어디로 갔지?

난 주변을 살폈다.

하지만 닌자는 어디에도 없었다.

하늘?

고개를 쳐들었지만 하늘에서도 닌자의 모습은 찾아볼 수 없었다.

'닌자는 은신술의 귀재라더니.'

하지만 지금 여기는 사방이 뻥 뚫린 경기장이다.

몸을 은폐, 엄폐할 수 있을 만한 장소가 어디에도 없다.

난 차라리 눈을 감았다.

분명 녀석은 내가 알지 못하는 어떠한 수법으로 몸을 감췄을 터.

시각에 의지하기보단 감각으로 놈을 찾아내는 게 더 나았다.

눈을 감자 뜨거운 열기로 가득 찬 경기장의 한 곳에 유난히 정적으로 가득 찬 공간이 느껴졌다.

거기가 바로 닌자가 숨어 있는 곳이다.

정적은 조용히, 그러나 빠르게 움직이며 내게 다가왔다.

그러다 한순간, 뒤에서 날카로운 예기가 느껴졌다.

난 눈을 뜨고 뒤돌아서며 주먹을 휘둘렀다.

카앙!

닌자의 검과 내 주먹이 맞부딪쳤다.

잘 벼린 검날이 파르르 떨렸다. 내 주먹에도 상당한 진동이 일었지만, 외적 고통은 전혀 없었다.

아이언 스킨은 이런 검에 잘릴 만큼 무르지 않다.

내가 주먹으로 검을 막아냈음에도 닌자는 당황하지 않고 두 번째 공격을 이어왔다.

검이 빠르게 수거되었다가 옆으로 궤도를 틀더니 내 옆구리를 노리며 흘러들어 왔다.

그 움직임이 너무나 부드러워 물이 흐르는 것 같았다.

난 뒤로 물러나지 않고 오히려 닌자의 품으로 쑥 파고들었다.

동시에 낭아권을 시전했다.

"낭아권!"

쐐애애애애애액!

굳게 말아 쥔 주먹은 바람을 가르며 날아갔다.

퍼억!

그리고 닌자의 얼굴을 정확히 가격했다.

아니, 가격했다고 믿었다.

그런데 내 주먹이 때린 것은 닌자가 아닌 검은 천 쪼가리 한 장이었다.

닌자는 또다시 거짓말처럼 사라졌다.

'이거 진짜 만화를 보는 것 같네.'

닌자들이 등장하는 만화를 보면 이런 식의 기술이 자주 등장한다.

난 다시 눈을 감고 닌자의 위치를 찾았다.

내게서 한참 떨어진 곳에 다시 고요한 정적이 포착되었다.

그 정적 속에서 예기를 품은 기운 세 개가 공기를 찢으며 내게 날아들었다.

눈을 떠보니 수리검 세 개가 코앞까지 다가와 있었다.

'염력.'

염력을 이용, 뉴클리어처럼 무형의 기운으로 내 앞을 가로막는 막을 형성했다.

카카캉!

수리검 세 자루는 그 무형의 기운에 막혀 밑으로 후두둑 떨어졌다.

그사이 내가 포착했던 정적은 사라지고 없었다.

내가 눈을 감으려는 순간 정수리에서 아찔한 살기가 느껴졌다.

언제 저기로 이동한 건지 모르겠지만, 내 머리 한 치 위에서 닌자가 떨어져 내리고 있었다.

그의 손엔 검이 거꾸로 쥐어져 있었다.

검 끝은 내 정수리를 정확히 노렸다.

'타임 리와인드!'

난 시간을 3초 전으로 되돌렸다.

내가 눈을 감고 정적의 기운을 찾은 뒤, 수리검이 날아오는 걸 느끼기 바로 전이다.

눈을 뜨고서 미리 무형의 막을 형성한 뒤, 하늘을 바라보았다.

수리검 세 자루가 무형의 막에 부딪혀 후두둑 떨어지는 순간 닌자는 허공에 갑자기 나타났다.

아까와 똑같이 검 끝을 내 정수리에 박아 넣으려는 자세였다.

난 녀석이 나타나는 순간 마법을 시전했다.

"파이어!"

파이어는 화 속성 중급 마법이다.

따로 불이 존재치 않아도 스스로 불을 만들어내 뜨거운 맛을 보게 한다.

화르륵!

거대한 불길이 일어 닌자를 감쌌다.

이번에야말로 잡았다고 생각했다.

그러나 불길이 사라지고 난 자리에는 검게 탄 재 한 줌만 풀럭풀럭 떨어져 내릴 뿐이었다.

'쥐새끼같이 잘도 피하네.'

이런 식으로 가다간 의미 없이 소모전이 지속되고, 결국 내가 먼저 지치게 될지도 모를 판이다.

내 영력은 무한한 게 아니라 한계가 정해져 있기 때문이다.

그전에 속전속결로 놈을 제압해야 했다.

'닌자의 공격이 위협적인 건 아니야.'

날카롭고 빠르긴 해도 내게 큰 해를 가할 만큼 대단치는 않다.

놈의 움직임을 한 번만 잡을 수 있다면 크게 한 방 먹여서 충분히 이기는 게 가능하다.

'어떻게 한다?'

방법을 생각했다.

하지만 딱히 이렇다 할 것이 떠오르지 않았다.

닌자는 한동안 침묵을 지키며 섣불리 공격하지 않았다.

한데 경기장에 어둠이 드리워졌다.

하늘을 보니 커다란 구름이 태양을 가리며 흘러가는 중이었다.

'홀로그램으로 이런 효과까지 내다니. 진짜 하늘 같잖아. 정말 잘 만들긴 했다.'

순간 불현듯 내 뇌리를 스치고 가는 생각 하나가 있었다.

'가만… 어둠… 그림자…….'

난 경기장을 둘러보았다.

어디에도 닌자의 모습은 보이지 않았다.

당연히 그의 그림자도 보이지 않았다.

'그림자까지 감추고서 숨어 있다.'

대단한 은신술이다.

이건 인정할 수밖에 없었다.

하지만 녀석이 그림자를 숨길 수는 있어도 없앨 순 없을 것이다.

'그렇다면.'

섀도우 워커를 사용해서 녀석의 그림자에 스며든다.

그렇게 하면 놈이 어디에 어떻게 숨어도 난 놈의 발아래에 있게 되는 것이다.

'자, 한 번만 더 접근해라.'

내게 달려드는 순간 어쩔 수 없이 녀석의 그림자는 바닥에 생겨난다.

그때를 노려서 그림자 속으로 들어가면 상황은 끝이다.

쐐애애액!

내 양옆에서 동시에 수리검 여섯 자루가 날아들었다.

난 염력을 이용해 그것들을 막아냈다.

이어 내가 딛고 서 있는 흙바닥이 파헤쳐지며 일본도가 쑥 솟구쳐 올랐다.

난 뒤로 물러섰다.

일본도와 함께 닌자가 땅속에서 밖으로 튀어나왔다.

녀석은 멈추지 않고 전광석화처럼 달려와 검을 횡으로 휘둘렀다.

그 순간!

'걸렸다.'

"새도우 워커!"

난 놈의 그림자 속으로 스며들었다.

닌자는 일순간 행동을 멈추더니 빠르게 몸을 움직였다.

나도 놈의 그림자를 따라 움직였다.

'이 녀석이 어디에 숨은 거지?'

난 그림자 속에서 주변을 살폈다.

닌자는 경기장 벽의 가장 어둡게 그늘진 곳에 딱 붙어 벽과 하나가 된 듯 숨까지 참아가며 자신의 존재를 지우고 있었다.

'이렇게 쉬운 곳에 숨었는데 눈치채지 못했다고?'

어이가 없어 헛웃음이 나올 지경이다.

'심플 이즈 베스트라더니.'

어찌 되었든 일반인이 이런 식으로 숨었다면 바로 들통 났을 것이다.

그런데 이 닌자는 은신의 경지가 극에 달한 것 같았다.

정말 뛰어난 닌자들은 한 치의 그림자만 있어도 몸을 숨길 수 있다는 말을 어딘가에서 본 적이 있었다.

아무래도 그 말이 정말인 듯했다.

잡생각은 그만.

이제 이 시합을 끝낼 시간이다.

난 새도우 워커를 해제했다.

내 몸이 그림자 밖으로 튀어나가는 순간 나는 닌자의 목을 낚아챘다.

"……!"

내게 제압당한 닌자의 눈에 처음으로 당황스러움이 어렸다.

"잡았다."

난 혹시라도 닌자가 또 도망가지 못하게 요마르의 능력 중 력 제어를 시전했다.

"끄으……!"

이제 닌자에게 주어지는 중력만 평소보다 몇 곱절 이상으로 강해졌을 것이다.

닌자의 팔과 다리가 축 처졌다.

녀석은 자꾸만 땅으로 꺼지려 했다.

하지만 날 놀린 대가는 셈을 치르고 꺼져야지?

"낭아권!"

쐐애애애애액!

퍽!

"크어……!"

쇳덩이처럼 무거운 주먹이 닌자의 명치를 정확히 가격했다.

두득! 두드득!

명치뼈가 모조리 작살나는 게 느껴졌다.

하지만 여기서 어설프게 끝낸다면 닌자는 시합을 포기하지 않고 또다시 은신을 펼치며 달려들지 모른다.

아예 전투 불능이 되도록 확실하게 밟아야 한다.

"라이트!"

뇌 속성 중급 마법 라이트를 시전했다.

놈을 쥐고 있는 내 손에서 형성된 무지막지한 스파크가 크게 부풀어 올라 번개 다발이 되어 놈의 전신을 두들겨 댔다.

파지지직! 파지직!

"끄… 으아아아아아아아아!"

닌자가 입을 쩍 벌리고 하늘을 보며 비명을 질렀다.

닌자의 입과 귀와 코에서 하얀 연기가 피어올랐다.

놈의 옷이 모두 타서 재가 되어 떨어졌다.

그 안에 감춰져 있던 털이란 털도 전부 타서 없어졌다.

"끄흐으으으……."

닌자의 전신에서 고기 굽는 냄새가 풀풀 풍겼다.

적어도 2도 화상은 될 것이다.

그나마 그것도 내가 적당히 봐줘서 목숨은 건진 것이다.

뇌전의 힘을 제어해서 줄이지 않고 그대로 맞게 했으면 놈은 이미 이 세상 사람이 아닐 테니.

난 엉망이 된 닌자를 숨어 있던 외벽의 그림자 속에서 끌고 나와 바닥에 탁 던졌다.

닌자는 힘없이 바닥에 널브러져 손가락 하나 까딱 못 했다.

─나이트 닌자, 전투 불가. 나이트 어벤저의 승리입니다.

사회자의 음성이 내가 승리했음을 알렸다.

동시에 관중석에서 귀족들의 벌떡벌떡 일어나 박수를 치며 환호했다.

"역시 나이트 어벤저! 내 기대를 배신하지 않는군! 상대방을 잘 익힌 고깃덩이로 만들어놓다니!"

"잔인해! 아주 잔인해! 네가 맘에 든다, 이 새끼야!"

"2회전도 잘 부탁한다, 어벤저!"

저번에도 느꼈지만, 이번에도 똑같은 역겨움을 느낀다.

이곳에 제정신으로 온 인간은 아무도 없다.

아니… 어쩌면 이게 인간의 본성인 건가?

윤리나 도덕 따위 모두 벗어버린, 가식은 전부 사라진 원초적 욕망과 본능만 존재하는 이 모습이 본성이란 말인가?

모르겠다.

그저 확실한 건.

띠링!

—지웅 님께 돈을 걸었다가 도움받은 사람들이 고마움의 마음을 보내왔네요. 선행을 쌓아 671링크가 주어집니다.

오물통에 처박힌 것마냥 역겹다는 것이다.

Chapter 4
다운 타운의 비밀

대기실에 돌아오니 설열음과 카시아스가 날 기다리고 있었다.

"승리한 거 축하해."

설열음이 예의 그 투박한 어투로 말했다.

"축하한다는 말에 영혼을 1그램이라도 좀 담아라."

"축하한다는 말 취소."

"그래. 차라리 그게 낫다."

"2회전도 나갈 거지?"

"나가."

"일단 이번에 이겨서 천만 원가량을 받을 수 있게 됐어."

천만 원.

저번에 왔을 때는, 1회전 시합에서 이겼을 때 칠백만 원 정도를 받을 수 있다고 했었다.

시합에 참여하는 나이트들은 한 시합을 이길 때마다 귀족들이 배팅한 돈의 0.1퍼센트를 가질 수 있게 된다.

한마디로 이번에 배팅된 액수가 저번 시합에서 배팅된 액수보다 많았다는 얘기다.

"3회전 다 승리해서 돈이나 왕창 벌어 가야겠다."

"이번엔 세이브 카드 선택 안 할 거야?"

아까 사회자가 말했듯이 데스 파이트에 참여해서 3연승을 한 사람은 세이브 카드와 상금 50만 달러 중 선택을 해서 가져갈 수 있다.

세이브 카드는 내가 시합에서 지는 바람에 노예가 될 위기에 처했을 경우, 그 상황에서 날 구해주는 역할을 한다.

아울러 내가 아닌 다른 사람에게 세이브 카드를 사용할 수 있다.

하지만 난 시합에서 질 생각도 없고, 알지도 못하는 다른 사람을 도와줄 생각도 없으므로 세이브 카드는 필요치 않다.

상금이나 가져가서 회사를 번창시키고 우리 가족 잘 먹고 잘사는 데 이바지할 것이다.

"세이브 카드 같은 거 필요 없어."

"그래, 좋을 대로 해. 다시 대기실에 들어가."

난 군말 없이 대기실로 들어갔다.

설열음이 문을 닫아 밖에서 잠그자 카시아스가 내게 텔레파시를 보내왔다.

[지웅.]

[왜? 뭐 알아냈어?]

[그래. 여기… 내가 생각했던 것보다 더 스케일이 크고 복잡하고 더러운 곳이다.]

[뭘 알았길래 그래?]

[설열음이 상부와 통화하는 걸 들었다. 일단 내가 알아낸 사실들만 간단하게 추려서 말하지. 첫째, 나이트가 귀족이 되는 방법은 데스 파이트에 참가해 두 번 이상 3연승을 해야 한다는 것.]

[3연승을 두 번 하면 바로 귀족이 되는 거야? 나 오늘 귀족 되겠네?]

[아니. 3연승을 두 번 하게 될 경우 귀족의 자격을 손에 넣을 수 있는 심사에 지원할 수 있게 되지. 하지만 켈베로스라는 녀석은 다섯 번이나 3연승을 했는데도 귀족 심사에 한 번도 임하지 않았던 모양이야.]

[왜?]

[그 심사가 그만큼 어렵고 힘들다는 뜻이겠지.]

[어떤 식으로 심사를 하는데 그래?]

[매드 맨 백 명과 붙어서 이겨야 한다고 한다.]

매드 맨.

데스 파이트를 여는 주최 측에서 양성한 전투귀신들이다.

그들은 전투와 살육에 미친 자들이다.

매드 맨은 대전자의 짝이 맞지 않는 경우, 예를 들어 1회전에서 승리한 이들 전부가 2회전에 나가길 거부했는데, 단 한 명만이 1회전에 나가고 싶다고 했을 경우 그와 맞붙을 상대로 투입된다.

그들은 고통을 느끼지 못한다.

다운 타운의 과학으로 인해서 그렇게 만들어진 존재다.

나도 일전에 매드 맨과 싸워봤었다.

내가 감당하지 못할 만큼 강한 녀석은 아니었다.

그러나 데스 파이트에 참가하는 녀석들의 수준을 봤을 땐 상대하기 까다로운 존재다.

그런 이들 백 명과 싸워서 이겨야 귀족으로서 인정해 준다는 건 그냥 죽어버리라는 것과 다름없는 얘기다.

[일당백으로 싸워 이겨야만 귀족이 된다니. 켈베로스가 심사에 지원 안 할 만하지.]

[놀라운 건 그 심사를 통과한 인간도 있다는 거야.]

[그래?]

순간 뉴클리어가 떠올랐다.

[뉴클리어처럼 초능력자들인가?]

[그런 부류의 녀석들이 대부분이지.]

[대부분이라는 말은, 초능력자가 아닌데도 불구하고 매드 맨 백 명과 싸워 이긴 사람이 있다는 거야?]

[그래. 순수하게 육신의 힘을 키워서 매드 맨 백 명을 무찌르고 귀족의 자리에 앉은 이가 있다. 그는 귀족이 되어서도 육신의 단련을 게을리하지 않았다고 하더군. 그래서 지금은 예전보다 더 강해졌다던데.]

[그게 누군데?]

[무함마드.]

순간 머리가 띵했다.

무함마드? 그 녀석이 매드 맨 백 명을 혼자서 처리했다고?

그놈의 노예가 될 뻔한 이랑이를 세이브 카드로 구해준 것에 앙심을 품어, 복수를 계획한 옹졸한 인간이?

무엇보다 그 녀석은… 배가 불뚝 나온 아저씨 같은 체형을 가지고 있었다.

정확히 기억한다.

경기장에서 이랑이를 데려가는 내게 고래고래 소리를 질렀으니 기억 못 할 수가 없다.

[말도 안 돼.]

[다운 타운의 존재 자체가 말도 안 되는 곳이지. 귀족들 중에는 괴물 같은 녀석들도 가득하다.]

[하아… 아무래도 무함마드랑 나는 한번 크게 붙어야 할 것 같은 불길한 예감이 드는데.]

[그럴지도 모르지. 네가 뉴클리어를 이겨 버린다면 말이야. 무함마드의 성격에 가만있지 않겠지.]

[네가 무함마드 성격을 어떻게 알아?]

[전부 설열음이 말하는 걸 듣고서 네게 전해주는 거다.]

그렇다면 인정.

어휴, 애초에 내가 다운 타운에 오는 게 아니었다.

괜히 카시아스 소원 한번 들어준다고 발걸음 했다가 귀찮은 일이 이만저만이 아니다.

[귀족이 되면 데스 파이트를 관람할 자격이 생기고 배팅도 할 수 있게 되며, 보너스로 500만 달러를 얻게 된다. 아울러 다운 타운의 제2구역에 발을 들일 수 있는 권한이 생겨. 또한 그곳에 집을 구해 살 수도 있게 되지. 하지만 집 한 채 값이 5,000만 달러 이상이야.]

[5,000만 달러 이상이면… 대략 700억 정도 된다는 얘기잖아?]

[그래. 하지만 그 집은 살 만한 가치가 있어. 2구역에 집을 사게 되면 지구 밖의 모든 위험에서부터 안전해지지.]

[지구 밖의 모든 위험이라고 하면… 전쟁 같은 것?]

[전쟁, 자연 재해. 그리고 그 밖의 천재지변들. 이곳은 완벽하게 보호받고 있어. 지구 바깥에서 무슨 일이 일어나도 티끌하나 다치는 사람이 없도록. 이를테면 현대판 노아의 방주라고 할 수 있겠지.]

[한마디로 이 노아의 방주에 타려면 귀족의 작위와 500만 달러가 필요하다?]

[그렇지. 그래서 귀족들은 데스 파이트에 열광하는 거다. 그것만큼 돈을 쉽게 벌 수 있는 일이 또 없으니. 빨리 돈을 불려 방주에 올라타고 싶은 거지.]

[하지만 그만큼 쉽게 잃기도 하잖아.]

[어차피 확률은 반반이야. 카지노에서 가장 인기 있는 종목이 뭔지 알아? 바카라다. 반반의 확률로 돈을 거는 도박. 50퍼센트라는 수치는 퍽 매력적이니까.]

[흠… 아무튼 네 생각보다 스케일이 큰 곳이라는 건 알겠고, 더럽다는 건 뭐야?]

카시아스는 잠시 말없이 뜸을 들였다.

생각을 정리하는 것 같았다.

그러다 그녀가 문득 던진 말은 의외의 것이었다.

[꼭 귀족이 돼라.]

[뭐? 느닷없이 귀족이 되라니, 무슨 말이야?]

[귀족의 작위를 얻으면 그 직후부터 제2구역에 들어갈 수 있다. 그러면 바로 1구역으로 침입해서 내부에 있는 모든 것을 파괴시켜라.]

[좀 알아듣게 설명해 줬으면 좋겠는데.]

[이제부터 설명할 참이었으니까 닥치고 들어.]

그냥 카시아스와 시원하게 한판 싸웠음 좋겠다.

[설열음이 동료와 주고받는 잡담 중 기가 막힌 내용이 있었다.]

[그게 뭔데?]

[다운 타운의 존재 의의. 아까 내가 다운 타운은 현대판 노아의 방주라 그랬었지?]

[그랬지.]

[하지만 오래도록 인류가 멸망할 정도의 커다란 천재지변이나 제4차 대전이 일어나지 않는 이상 다운 타운은 오래도록 제 역할을 못 하게 되겠지.]

이야기가 흘러가는 꼴이 어째 엄청 불길한 내용이 나올 것 같은 예감이다.

그리고 대부분이 그렇듯 불길한 예감은 들어맞았다.

[다운 타운의 제1구역은 다운 타운을 지배하고 이끌어가는 간부들이 머무는 곳이다. 나운 타운의 지배자들은 1구역 내에서 핵미사일을 만드는 중이다.]

[핵미사일?!]

[그래. 그것도 어마어마한 양의. 핵미사일이 완성되어 땅 밖으로 쏘아지는 순간 지상의 모든 인류는, 아니, 모든 생명체는 멸종하고 말거야.]

잠깐만… 그럼 이게 이야기가 어떻게 되는 거야?

다운 타운은 현대판 노아의 방주다.

하지만 노아의 방주가 진가를 발휘하려면 그만한 재해가

일어나야 한다.

만약 재해가 오래도록 일어나지 않을 경우 다운 타운의 진가가 발휘되는 날은 계속해서 멀어져만 갈 것이다.

그래서 다운 타운의 지배자들은 그러한 재해를 일으키기 위해 핵미사일을 만들고 있다는 건가?

내가 생각을 정리하고 있자니 카시아스의 말이 다시 이어졌다.

[지금 네가 생각하는 그게 맞아. 녀석들은 핵미사일을 지상에 쏴서 다운 타운이 제 값어치를 찾도록 만들 셈이야. 지상의 생명체가 전부 사라질 때, 다운 타운에 집을 사둔 이들은 목숨을 구원받겠지.]

[이게 무슨 미친 짓들이야? 겨우 다운 타운의 제 기능을 실현하기 위해 핵미사일을 쏜다고?]

[아니, 꼭 그것 때문만은 아니야. 이곳의 지배자들은 현재의 인류를 모두 말살하고 신인류를 탄생시키려 하고 있어. 물론 신인류는 다운 타운 내부에서 살아남은 모든 사람을 뜻하는 것이겠지.]

[미친 지배자들이 망가뜨린 세상 속에서 살아남으면 무조건 신인류라는 거야?]

[그럴 리가. 제1구역에서는 핵미사일을 만드는 것 외에도 인체 실험을 하고 있는 모양이다.]

들으면 들을수록 가관이다.

핵미사일에 인체 실험이라니?

대체 이곳의 지배자라는 놈들은 무슨 생각을 하는 건가?

[인체 실험은 또 뭐야?]

[살아 있는 인간의 육신을 개조시켜 더욱 우월한 종족으로 발전시키는 걸 인체 실험이라 하더군. 그들이 쓰는 용어로 말하자면 '비욘드 프로젝트'다.]

[하…….]

어처구니가 없어서 말문이 탁 막혔다.

인류의 멸망과 신인류를 만들기 위한 비욘드 프로젝트라고?

이건 신의 권위에 도전하겠다는 말밖에 되지 않는다.

[핵미사일은 언제 완성되는 건데?]

[오가는 대화를 들어보니 앞으로 늦어도 반년 이내엔 완성될 것 같더군.]

[반년?]

[그래.]

[얼마 안 남았잖아?]

[그러니까 오늘 귀족의 작위를 얻어서 2구역에 진입하라는 거다.]

[굳이 그럴 필요 있어? 당장 2구역으로 들이닥쳐서 1구역까지 진입한 후에 다 날려 버리는 게…….]

[3구역에서 2구역으로 들어가는 입구는 없다.]

[뭐?]

[출입문이 없고 2구역으로 연결해 주는 포털을 받아야 하는 것 같더군.]

이런 젠장.

일이 갑자기 점점 더 커지고 있다.

[그럼 2구역으로 간 다음에는? 1구역에는 어떻게 가라는 거야?]

[그건 그때 가서 생각해 봐야지.]

[하아.]

[하기 싫은가?]

이건 하기 싫고 말고의 문제가 아니다.

다운 타운의 미친 인간들이 세우는 계획을 알았으니 어떻게든 막아야 한다.

그래야 나는 물론이고 내 가족들, 그리고 내 소중한 사람들이 살아남을 수 있다.

[할 거야. 다만 왜 이런 미친놈들 때문에 내가 가시밭길을 걸어야 하는 건지 회의가 들 뿐이지.]

[아무튼 이번에 귀족 작위를 얻은 뒤 2구역으로 이동해서 1구역으로 진입할 방법을 찾아라. 만약 찾지 못한다면 시간 날 때마다 다운 타운을 오가며 방법을 찾아야 할 거야.]

[그래야겠지.]

[건투를 빌지.]

카시아스와의 텔레파시는 거기에서 끝났다.

"하아, 돌겠네."

다운 타운의 지배자라는 인간들은 대체 뭐하는 작자들인 거야?

"그러고 보니 설열음, 그 계집애도 확실히 정상이 아니었어."

카시아스가 내게 준 정보는 설열음의 입에서 나온 것들이다.

즉 설열음은 다운 타운의 지배자들이 세운 계획을 알고 있었다는 뜻이다.

그럼에도 아무런 죄의식 없이 데스 파이트에 추천된 사람들을 다운 타운과 연결해 주는 커플러 역할을 수행하고 있다.

제정신 박힌 사람이라면 그렇게 행동할 순 없을 것이다.

'아무튼 남은 시간은 6개월이야.'

어쩌면 6개월이 아닐 수도 있다.

6개월이라는 건 핵미사일 완성이 늦어질 경우의 리미트다.

재수 없으면 다섯 달, 넉 달 만에 핵미사일이 완성될지도 모른다.

안전하게 이들의 계획을 막으려면 석 달 안에 핵미사일의 연구를 멈추게 만들어야 한다.

'하지만 무슨 수로?'

3구역에서 2구역으로 넘어가는 것도 귀족들만 오갈 수 있도록 철저히 막아놓았다.

하물며 2구역에서 1구역으로 넘어가는 건 굳이 알아보지 않아도 얼마나 어려울지 익히 짐작이 간다.

'천운이 따라서 직행열차 탄 듯 단숨에 1구역으로 가는 방법을 알아내게 되면 좋으련만.'

아마 오늘 그것까지 캐내는 건 불가능하겠지.

하여튼 확실한 건 무슨 수를 쓰더라도 이 미친 계획을 막아야 한다는 것이다.

난 카시아스가 그저 자신의 호기심을 충족시키기 위해 다운 타운에 가는 걸 재촉한다고 생각했다.

하지만 그 녀석은 무언가를 눈치채고 있었던 것이다.

'하긴, 생각해 보면 카시아스는 개인적인 이유로 어떤 일을 추진하는 경우가 없었지.'

사람 열 받게 하는 데에 일가견이 있는 녀석인 건 맞지만, 한편으로는 또 속이 깊다.

그래서 더 열 받는다.

결국 나는 늘 녀석에게 지게 되니까.

[오래 기다리셨습니다. 지금부터 데스 파이트 2회전 제1시합, 나이트 뉴클리어 대 나이트 레인저의 경기가 펼쳐지겠습니다.]

사회자의 안내 멘트가 스피커를 통해 흘러나왔다.

경기장을 비추는 모니터엔 서로 마주 보고 선 뉴클리어와 레인저의 모습이 보였다.

Chapter 5
마조틱 VS 어벤저

레인저는 이미 대기실에서 뉴클리어의 전투를 모니터했을 터였다.

그래서인지 켈베로스처럼 섣불리 달려들다가 다진 고깃덩이가 되는 경솔한 실수는 하지 않았다.

레인저는 활을 사용하는 나이트였다.

그가 활에 살 세 대를 먹여 힘 있게 당긴 뒤 뉴클리어를 겨냥했다.

뉴클리어는 켈베로스를 상대했을 때와 마찬가지로 그저 편하게 서 있을 뿐이었다.

여전히 긴장감이라고는 눈곱만큼도 찾아볼 수 없었다.

레인저가 힘껏 당겼던 시위를 놓았다.

그러자 세 발의 화살이 공간을 찢으며 뉴클리어에게 날아들었다.

하지만 뉴클리어는 무형의 막으로 화살을 모두 막아냈다.

레인저의 공격이 전혀 먹혀들지 않았다.

한데 레인저는 다시 세 발의 화살을 장전해 뉴클리어에게 쏘아 보냈다.

쐐애애애액!

타타탕!

이번에도 결과는 같았다.

세 발의 화살은 레인저의 몸에 닿지도 못한 채 후두둑 떨어져 내렸다.

그런데.

퍼퍼퍽!

뉴클리어의 가슴에서 무언가에 두들겨 맞는 소리가 들렸다.

이어, 뉴클리어가 커다란 힘에 밀려 비틀거리다가 한쪽 발을 뒤로 쭉 빼서 쓰러지지 않고 중심을 잡았다.

'이건 뭐지? 뉴클리어가 무형의 막으로 화살을 막은 것처럼, 화살에 담겨 날아갔던 무형의 기운이 뉴클리어를 가격했어.'

레인저도 염력을 사용하는 것인가?

잠시 그런 생각을 했던 난 고개를 휘휘 저었다.

'염력을 사용하는데 굳이 화살로 공격할 필요가 없지.'

그럼 뭘까?

'혹… 검기 같은 건가?'

내가 산 영혼의 능력 중에는 제서스의 검기도 있다.

검기는 검에 체내의 기를 실어 상대방을 공격하는 기술이다.

레인저 역시 화살에 체내의 기를 실어 날려 보낸 것이 아닐까?

현재로서는 그게 가장 그럴듯한 가설이었다.

우와아아아아아아!

"잘한다 레인저!"

"켈베로스를 단숨에 작살낸 뉴클리어에게 일격을 가했어! 멋진데!"

"난 너한테 걸었으니 반드시 뉴클리어의 대가리를 꿰뚫어 버려라!"

예상외의 상황 전개에 객석은 후끈 달아올랐다.

그럴 만도 했다.

아마 거의 대부분의 사람은 뉴클리어에게 배팅했을 것이다.

1회전에서 그가 보여준 놀라운 힘에 반했을 테니 말이다.

배팅의 기본은 조금이라도 이길 확률이 높은 곳에 거는 것이다.

당연히 이번 시합에서도 많은 귀족들이 뉴클리어가 이길 것이라 생각했겠지.

반면 레인저에게 돈을 건 귀족은 얼마 없었을 테고.

뻔히 뉴클리어의 승리가 눈에 보이는데도 불구하고 레인저에게 돈을 건 귀족들은 분명 가진 돈이 별로 없어 기적이 일어나길 비는 부류였을 것이다.

백에 하나라도 레인저가 이긴다면 배당금이 어마어마하게 높아지니 말이다.

그런데 그들의 입장에서 그토록 바라 마지않던 기적이 벌어지려 하고 있었다.

당연히 기쁘지 않을 리가 없었다.

레인저는 입꼬리를 말아 올리며 다시 세 발의 화살을 장전했다.

그런 레인저를 보며 뉴클리어가 말했다.

"내게 고통을 주었던 인간은 전부 비참하게 죽었었지… 아마."

레인저도 지지 않고 받아쳤다.

"입심이 좋은 게 죽어도 주둥이만 둥둥 뜨겠군! 이번에는 확실히 죽인다."

뉴클리어가 목을 좌우로 꺾었다.

둑. 두둑.

그러고는 천천히 레인저에게로 다가갔다.

동시에 레인저의 손이 시위를 놓았다.

쐐애애애액!

세 발의 화살은 하나하나가 정확히 뉴클리어의 미간, 목, 왼쪽 가슴을 노리며 날아들었다.

그런데.

서걱! 서걱! 서걱!

날아들던 화살이 뉴클리어와 십여 미터 떨어진 거리에서 두 동강이 나 바닥에 힘없이 추락했다.

레인저의 얼굴에 당황함이 어렸다.

레인저가 다급하게 다섯 발의 화살을 장전해서 시위를 당겼다.

뉴클리어는 그사이 레인저에게 조금 더 가까워져 있었다.

"죽어!"

레인저가 시위를 놓았다.

쐐애애애애액!

다섯 발의 화살이 전보다 더한 기세로 뉴클리어에게 날아갔다.

그러나 결과는 이번에도 마찬가지였다.

전부 뉴클리어와 한참 떨어진 거리에서 두 동강이 나고 말았다.

"이익!"

레인저는 이를 꽉 깨물고서 등에 맨 화살 통으로 손을 가져 갔다.

하지만 그는 화살을 꺼낼 수 없었다.

서걱!

"......!"

뒤로 넘긴 그의 팔목이 깨끗하게 잘려 나가 화살 통에 그대로 담겨 버렸다.

"크아악!"

레인저가 잘려 나간 팔목을 보며 비명 질렀다.

조금 전까지 레인저를 응원하던 귀족들은 꿀 먹은 벙어리가 되었다.

반면 뉴클리어에게 배팅한 수많은 귀족들이 열화와 같은 함성을 터뜨렸다.

'뉴클리어… 저 인간, 장난을 치고 있어. 그것도 아주 못된.'

현재 뉴클리어와 레인저, 둘 사이의 거리는 백 미터가량이다.

그런데 뉴클리어는 염력으로 레인저의 팔목을 잘랐다.

그 말은 목을 자를 수도 있었다는 것이다.

아울러, 애초부터 레인저가 화살을 쏘기 전에 제압하는 것도 가능했을 텐데, 시합을 즐기다가 목이 아닌 팔목을 잘랐다.

뉴클리어는 시합 상대에게 점잖은 척 다가가지만, 실상은 아주 잔인한 놈이다. 가면 너머의 얼굴은 소름끼치는 미소를 짓고 있을지도 모른다.

서걱!

"크아아악!"

활을 들고 있던 레인저의 나머지 손목마저도 잘려 나갔다.

이어 양쪽 팔이 수십 조각으로 나뉘더니 펑! 하고 폭발을 일으켰다.

그 여파에 휩쓸린 레인저가 뒤로 죽 나가떨어져 바닥을 굴렀다.

아차 하는 순간 두 팔을 잃은 레인저는 제대로 일어나지도 못하고서 아등바등거렸다.

허전해진 양쪽 어깨에서는 붉은 피가 폭포처럼 쏟아졌다.

뉴클리어가 계속해서 레인저에게 다가가며 말했다.

"내 말을 우습게 알았다가 너처럼 다친 놈들이 많지… 아마."

"사, 살려줘."

결국 레인저도 켈베로스가 그랬던 것처럼 뉴클리어에게 목숨을 구걸하기 시작했다.

하지만 뉴클리어는 냉정했다.

뒤로 기듯이 도망치는 레인저의 지척까지 다다라서 쪼그려 앉더니 작별 인사를 건넸다.

"여기서 죽게 되겠지… 아마."

뉴클리어의 말은 사형선고와도 같았다.

서걱! 서걱! 서걱! 서걱! 퍼엉!

레인저의 몸이 수십 조각으로 썰린 뒤 크게 폭발했다.

이어 관객의 함성과 사회자의 안내 멘트가 들려왔다.

─데스 파이트 2회전 제1시합, 승자는 나이트 뉴클리어.

*　　　　*　　　　*

1회전에서 승리한 나이트들 중 2회전에 출전한 건, 나와 뉴클리어, 그리고 레인저를 비롯해서 마조틱이라는 닉네임을 가진 나이트까지 총 네 명이었다.

그래서 2회전은 두 경기만 치르게 되었다.

앞선 경기에서 뉴클리어와 레인저가 붙었다.

이번에 붙는 건 나와 나이트 마조틱이다.

2시합의 시작을 알리는 사회자의 멘트와 함께 대기실에서 나와 경기장으로 향했다.

마조틱은 나보다 먼저 경기장의 중앙에 나와 서 있었다.

녀석은 적당히 근육이 붙은 몸을 가진 사내였다.

그런데 생긴 것과 달리 입에는 진한 붉은색 립스틱을 발랐고, 눈엔 아이섀도를, 열 손톱엔 각각 다른 문양으로 네일 아트까지 되어 있었다.

옷도 하얀색 탱크톱에 청 핫팬츠를 걸친 것이 아무래도 게이가 아닌가 하는 의심이 들 만한 차림이었다.

이미 1회전에서 그의 모습을 모니터로 접한 바 있긴 했다.

하나, 모니터를 통한 것과 직접 보는 것은 그 느낌이 상당히 달랐다.

더 충격적이고 역겨웠다.

―그럼 지금부터 2회전 제2시합, 나이트 어벤저 대 나이트 마조틱의 대결을 시작하겠습니다!

우와아아아아아!

"저 변태 자식도 잔인하게 없애라!"

"어벤저! 저 자식 고추를 떼버려!"

내게 돈을 건 귀족들이 고래고래 악을 써댔다.

난 네놈들 경주마가 아니니 닥치고 있으라 얘기해 주고 싶다.

아무튼 경기는 시작되었다.

마조틱이 한 손에 든 채찍을 위협적으로 휘두르며 내게 다가왔다.

어쩜 손에 든 무기도 딱 차려입은 것과 비슷하리만치 게이스러운지 모르겠다.

아무튼 마조틱은 저 채찍을 화려하게 휘두르며 1회전에서 맞붙었던 상대방을 작살내 놓았다.

게이처럼 생긴 것과 달리 녀석의 채찍은 제법 화끈한 맛이 있었다.

하나 그건 일반인을 상대로 했을 때 얘기다.

마조틱은 내가 놈의 사정거리에 들어오자 채찍을 크게 휘둘렀다.

"하얏!"

기합소리가 은근히 듣기 거북했다.

휘리릭~!

매섭게 휘둘러진 채찍 대가리가 내 살에 이를 박으려는 뱀처럼 날아들었다.

찰싹!

채찍은 그대로 내 목 언저리를 때렸다.

하지만 맞은 곳의 근육이 좀 얼얼할 뿐, 그 외에 이렇다 할 고통은 조금도 없었다.

마조틱은 내가 아무런 반응도 보이지 않자 미간을 깊이 찡그렸다.

"뭐야, 뭐야? 자기 아프지 않아? 응?"

…1회전 싸움에선 입을 열지 않아서 몰랐는데 이 새끼 게

이가 맞나 보다.

언제 봤다고 나한테 자기래?

게다가 이 자식 양놈인지라 꽉 끼는 핫팬츠의 중앙엔 놈의 물건이 툭 하고 도드라져 있다.

그런 인간한테 자기라는 소리를 들으니 기분이 확 상한다.

"안 아프냐고 묻잖아, 내가!"

마조틱이 다시 채찍을 휘둘렀다.

휘리릭~!

난 힘차게 날아든 채찍 끝을 한 손으로 확 잡아챘다.

"어머! 잡았어?"

마조틱은 놀란 듯 입을 살짝 벌리더니 이내 채찍을 확 끌어 당겼다.

힘겨루기 해보자고?

얼마든지!

나도 잡은 채찍을 내 쪽으로 힘껏 당겼다.

"어맛!"

마조틱은 나와 제대로 된 힘겨루기를 해보지도 못하고서 그대로 끌려왔다.

"이런 굴욕 처음이얏!"

마조틱은 잡고 있던 채찍 손잡이를 옆으로 살짝 틀더니 빠르게 잡아당겼다.

그러자 기다란 손잡이의 중앙이 딸칵! 소리와 함께 분리되며 쑥 빠져나갔다.

　빠진 손잡이의 윗부분엔 다른 손잡이 속에 감추어져 있던 얇은 칼날이 달려 있었다.

　힘겨루기에서 밀려 내게 끌려오던 마조틱은 채찍 손잡이에 숨겨놓은 단검 한 자루를 꺼내 번개처럼 달려들었다.

　'빠르군.'

　마조틱의 기습적인 공격은 충분히 빨랐다.

　어지간한 이들은 그의 기습을 막지 못했을 것이다.

　하지만 이번엔 상대가 나빴다.

　내 눈엔 그의 움직임이 구구절절할 정도로 잘 보였다.

　게다가 난 마조틱보다 빠르다.

　마조틱의 손에 들린 단검이 내 목을 노렸다.

　난 그런 마조틱의 손목을 주먹으로 후려쳤다.

　퍽!

　"꺄아아악!"

　내 주먹에 맞은 마조틱의 손목이 이상한 방향으로 휘었다.

　녀석의 손에 들린 단검은 멀리 날아갔다.

　마조틱은 아파하는 와중에도 핫팬츠 안에서 또 다른 단검을 꺼내 날 찌르려 했다.

　'찝찝하게 어디서 꺼내는 거야!'

　절대로 저 단검에는 맞기 싫다.

　내가 죽고, 죽지 않고의 문제 이전에 기분이 나쁘다!

"낭아권!"

나도 모르게 낭아권을 시전했다.

그리고 힘 조절을 하지 못했다.

풀 파워로 휘둘러 버린 주먹이 마조틱의 안면에 그대로 틀어박혔다.

뻐어어어억!

"……!"

마조틱의 얼굴이 내 주먹 모양대로 찌그러졌다.

미간과 콧잔등이 푹 가라앉았다.

앞니가 아래위로 모조리 날아가 밖으로 튀어나왔다.

양쪽 광대뼈가 비대칭으로 함몰되었다.

코에서는 쌍코피가 터졌다.

그렇게 안쓰러운 몰골로 마조틱은 뒤로 날아가 바닥을 몇 바퀴나 구른 뒤에야 기절해 버렸다.

─시합 종료. 나이트 어벤저 승리!

사회자가 나의 승리를 알렸다.

하지만 객석의 반응은 영 시큰둥했다.

"이건 기대했던 것과 다르잖아!"

"좀 더 잔인하게 하길 바랐더니만!"

"잔인하지 못할 거라면 죽여라, 어벤저!"

"죽여! 죽여! 죽어어어어어!"

"실망을 안겨주겠다면 다음 시합에선 뉴클리어에게 걸겠 어!"

여기저기서 내게 실망했다고 고래고래 악을 써댔다.

띠링!

―도박에서 지웅 님이 이겨주길 바라던 사람들이 정말 고마워 하고 있답니다~ 선행을 쌓아 765링크가 주어집니다.

망할 귀족 놈들.

경기 내용은 만족 못 해도 돈 딴 건 또 좋은 모양이지?

또다시 1회전에 느꼈던 역겨움이 스멀스멀 피어올랐다.

Chapter 6
44 Soul

Chapter 0

[이제 한 경기 남았군.]

대기실에 복귀해서 휴식을 취하는데 카시아스의 텔레파시가 들려왔다.

[응. 뉴클리어와 붙게 되겠지.]

뉴클리어.

염력을 사용하는 초능력자이자 무함마드가 날 죽이기 위해 고용한 청부업자다.

[이길 자신 있나?]

[그걸 지금 질문이라고 하냐.]

초능력자라는 사실 자체가 대단하긴 하지만, 그의 능력은 내게 별 영향을 끼치지 못할 것이다.

내게는 염력뿐만 아니라 다른 능력들도 무수히 많다.

'가만. 그러고 보니 제법 링크가 모이지 않았을까?'

대기실에서 할 일도 없는데 새로운 능력이나 얻는 게 좋을
듯했다.

"마인드 탭."

이름 : 유지웅

소속 : 지구, 대한민국

성별 : 남

나이 : 20

영력 : 35/35

영매 : 33

아티팩트 소켓 4/4

보유 링크 : 410,268

보유링크 41만!

"41만이라니……."

유튜브에 올린 동영상으로 지속적으로 벌어들이고 있는
링크를 한동안 신경 쓰지 않고 있었다.

그런데 그새 41만이라는 링크가 쌓여 있었다.

돈이 생겼으면 일단 쓰고 보는 게 진리.

난 영력을 터치했다.

팅—

> **영력 : 35**
>
> 영력을 36으로 업그레이드하시겠습니까?
>
> 업그레이드 비용은 16,000링크입니다.
>
> [Yes/No]

당연히 'Yes'!

팅—

> **영력 : 36**
>
> 영력을 37로 업그레이드하시겠습니까?
>
> 업그레이드 비용은 18,000링크입니다.
>
> [Yes/No]

이번에도 볼 것 없이 'Yes'를 터치했다.

팅—

그런 식으로 영력을 40까지 업그레이드시켰다.

> **영력 : 40**
>
> 영력을 41로 업그레이드하시겠습니까?
> 업그레이드 비용은 30,000링크입니다.
>
> [Yes/No]

일단은 여기서 그만.

일전에 소울 스토어를 찾았을 때, 내가 라헬에게서 사지 못하고 나왔던 영혼 네 개가 있었다.

그중 두 개는 11,000링크에 32의 영력을 필요로 했고, 나머지 두 개는 13,000링크에 35의 영력을 필요로 했다.

그러니 영력은 40까지만 올려도 충분히 많은 영혼의 힘을 살 수 있을 것이다.

"그나저나 영력을 올리는 데만 십만 삼천 링크가 나가 버렸네."

이제 남은 링크는 31만 정도 된다.

"이걸로도 충분하겠지. 그럼 가보자. 소울 커넥트!"

*　　　*　　　*

"아이고, 이게 누구십니까? 우주대스타 유지웅 님 아니십니까?"

라헬은 머리가 거의 땅에 닿을 듯 굽신거렸다.

그래, 계속 그렇게 해라.

나 거지 되면 또 무시나 팍팍 해댈 거, 누릴 때 누려보자.

이젠 나도 네 태도에 발끈하지 않으련다.

"그래, 잘 있었냐?"

"그럼은요. 지웅 님 오실 날만 손꼽아 기다렸지요."

"그럼 허리 더 숙여."

라헬은 내 말에 기분 나쁜 기색 하나 없이 더 깊이 허리를 숙여보였다.

"이 정도로 숙이면 만족하실까요, 지웅 님?"

"됐다, 그만해라. 비굴하고 비참해 보인다."

라헬이 굽혔던 허리를 펴고서 빙그레 미소 지었다.

"저는 지웅 님 앞에서 언제나 비굴하고 비참하지요. 그게 다 지웅 님이 너무 잘나서 그런 겁니다. 너무 잘난 사람 옆에 있으면 내가 딱히 부족한 것이 없는데도 비참해지고, 비참해지다 보면 비굴한 짓도 하게 되고 그런 거 아니겠습니까요?"

"그래서 오늘은 얼마나 비굴하고, 비참하게 굴 건데?"

라헬이 두 손을 싹싹 비볐다.

"지웅 님이 원하시는 것 그 이상일 겁니다."

"그래?"

"그럼은요."

너 오늘 제대로 죽어봐라.

"앞으로 취침."

"네!"

라헬이 앞으로 납작 엎드렸다.

"뒤로 취침."

"아무렴요!"

이번엔 뒤로 벌렁 드러누웠다.

"그 상태로 두 다리 든다."

"그러겠습니다."

라헬이 다리를 위로 쭉 들어 올렸다.

"좋아. 그 상태에서 거래하자."

"식은 죽 먹기지요! 그럼 지웅 님께서 당장 거래할 수 있는
영혼들부터 보여 드릴까요?"

"아니. 아티팩트부터."

내 말에 라헬이 씩 미소 지었다.

"역시 지웅 님이십니다. 암요~ 지웅 님께서 구매하시기에
아주 적절한 아티팩트가 하나 있지요~ 그러믄요."

라헬이 손가락을 딱 튕겼다.

그러자 내 앞에 아주 익숙한 아티팩트 하나가 나타났다.

영롱한 빛을 품고 있는 자두만 한 크기의 동그란 구슬.

그건 바로 루의 후회 퀘스트를 하다 보았던 '영혼의 보옥'
이었다.

마제스의 신전에 모셔두고 꼭꼭 감춰두었던 바로 그 신물이다.

"영혼의 보옥?"

"그렇습니다, 지웅 님. 제가 지웅 님께 보여 드린 아티팩트는 바로 영혼의 보옥입니다! 이 보옥의 능력에 대해서는 잘 알고 계시겠죠?"

"알지."

직접 루가 되어 영혼의 보옥을 집어 삼켰던 나다.

그 능력을 모를 리가 없다.

보옥의 능력은 원하는 이의 기억을 읽게 해주는 것이다.

"그런데 이거 루가 먹은 거 아니야?"

내 물음에 라헬이 검지를 좌우로 흔들었다.

"루가 보옥을 먹었던 건 현실에서 일어난 일이 아니랍니다. 지웅 님께서 퀘스트를 진행하며 가상의 공간에서 먹었던 것이지요."

"아, 그렇지."

내가 머리를 탁 치니, 라헬은 바로 아부를 떨었다.

"역시 지웅 님은 완벽하시네요. 갖출 것을 다 갖춘 분이 이런 백치미까지!"

어째 이번 건 단순한 아부라기보다는 나를 좀 비꼬는 것 같지만 넘어가자.

"그래서 가격은 얼마야?"

라헬은 여전히 뒤로 누워 다리를 올린 자세로 전혀 힘들어하는 기색 없이 대답했다.

"마제스의 신전에서 고이 모셔져 왔던 영혼의 보옥은 단돈! 20만 링크입니다!"

라헬이 가격을 부르면 일단 의심부터 하고 봐야 한다.

내가 링크를 많이 들고 왔을 때 지극히 공손해지는 건 맞지만 지독한 수전노, 장사치의 기질까지 사라지는 건 아니기 때문이다.

"안 사."

"후회 안 하시겠어요? 영혼의 보옥이라구요, 지웅 님. 이게 얼마나 좋은 아티팩트인지 잘 아시잖습니까요? 헤헤헤."

"가격이 터무니없이 비싸. 20만 링크라니? 절대 안 사."

"좋습니다! 특별히 사분의 일 디스카운트해서 단돈 15만 링……!"

"꺼져."

"…그럼 얼마를 원하시는지 제시 좀 해주시면 안 될까요?"

"8만 링크."

내 말에 누워 있던 라헬이 벌떡 일어나서 입을 쩍 벌렸다.

"지웅 님. 그건 너무한 처사입니다. 저도 이문이 남아야 장사를 하죠."

"9만 링크. 더는 안 돼."

"그럼… 14만 9999링크 어떠신지?"

"장난해? 기분 잡치는데 그냥 돌아갈까?"

내가 휙 뒤돌아서자 라헬이 내 옷깃을 덥석 잡았다.

"아이고, 왜 이러십니까요. 제가 감히 지웅 님의 기분을 상하게 했다면 백번 사죄드리겠습니다! 그럼요!"

"그럼 얼마까지 줄 건데?"

"14만 링크면 어떻겠습니까?"

계속 가격을 깎는 걸 보니 애초부터 높게 부른 모양이다.

난 라헬의 눈을 쏘아보며 날카롭게 말했다.

"야, 솔직히 말해."

"네? 뭐를 말입니까?"

"원가 얼마야."

"하아, 알겠습니다. 역시 지웅 님은 속일 수가 없군요. 영혼의 보옥은 사실 13만 5천 링크입니다아."

라헬은 어깨를 축 늘어뜨리고서 한숨을 푹 쉬었다.

"어떻게 이문 좀 더 남겨먹으려고 했는데, 역시 지웅 님은 속일 수가 없네요."

웃기고 있네.

내가 13만 5천 링크가 원가라고 하면, 아 그렇구나! 하고 넙죽 줄 줄 알았냐?

"13만 링크!"

"오케이 콜!"

"뭐라고?!"

"감사히 받겠습니다~!'

라헬이 희희낙락하면서 영혼의 보옥을 내게 넘겼다.

완전히 당했다.

녀석의 표정을 보니 계획대로 되었다는 얼굴이었다.

13만 링크도 아마 엄청나게 높게 부른 모양이다.

"하아."

호구가 된 고객의 입에서 나오는 것은 한숨뿐이구나.

남은 건 18만 링크.

"그럼 지웅 님께서 살 수 있는 영혼들을 보여 드리도록 하지요~ 영력을 40까지 올려 오셨으니, 딱 거기에 걸맞은 놈들도 준비하겠습니다요~"

라헬이 손가락을 튕겼다.

녀석의 앞에 11개의 영혼들이 나타났다.

"우선 11,000링크의 영혼들부터 소개하겠습니다~ 왼쪽에 있는 영혼의 이름은 알렉사. 능력은 '체인지 애니멀' 이랍니다."

"능력에 대해 자세히 설명해 봐."

"뭐, 말 그대로입니다. 원하는 동물로 변신할 수 있는 능력이죠~ 어떤 동물이든 자신이 한 번이라도 봤던 동물이라면 전부 변신할 수 있어요."

그건 나쁘지 않은 능력인데?

"알렉사는 살아생전 이 능력으로 1인 서커스단을 운영하며 많은 돈을 벌었죠. 나중에는 작위까지 사게 되었답니다. 그리고 모국과 다른 국가 간에 전쟁이 터졌을 때는, 여러 가지 동물로 변신해 적진의 동향을 파악하고 옴으로써 모국이 승전보를 올리는 데 혁혁한 공을 세우기도 했지요. 국왕은 그를 전쟁 영웅으로 임명하기까지 했답니다."

"당연한 얘기지만 억울하게 죽었겠지?"

"빙고. 아주 어이없고 비참하게 죽었지요. 알렉사의 취미는 새로 변신해 나무에 앉아 다른 새들과 이야기를 나누며 바람을 음미하는 것이었지요. 하루는 궁전에서 새로 변신해 다른 새들과 함께 이야기를 나누고 있는데, 전날 숙취로 머리가 너무 아팠던 국왕은 조잘조잘 쉬지 않고 떠드는 그 새가 알렉사인지도 모르고 화살로 쏴 죽였답니다."

"…뭐? 알렉사는 왜 안 피한 거야?"

"너무 순식간에 일어난 일이라 몰랐을 가능성이 높겠죠. 알렉사의 능력은 동물로 변하는 것뿐이랍니다. 기본적으로 육신의 능력이 뛰어나다거나 하는 건 아니었죠. 더불어 원하는 동물로 변하고 나면 육신의 모든 기능이 변한 동물과 똑같아집니다. 그 시절에 활로 새를 잡는 거야 그다지 어렵지 않은 일이었지요. 게다가 국왕은 사냥에 일가견이 있었답니다~"

"그래서 화살에 맞아 죽었다?"

"그렇지요. 하지만 한편에서는 이런 이야기도 들려오곤 한답니다. 국왕은 그 새가 알렉사인 줄 알고 있었다. 처음에는 알렉사를 중하게 썼지만, 그의 입지가 빠르게 커지자 두려워한 국왕이 숙취를 핑계로 알렉사를 죽여 버렸다는 것이죠."

"신빙성이 있는 추측이야?"

"국왕은 전날 밤 그렇게까지 과음하지는 않았다는 하인들의 증언이 있었습니다. 물론 그들은 나중에서야 그 사실을 털어놓은 것이지만."

하여튼 이래저래 황당한 죽음을 맞는 이들이 많다.

그리고 개인적으로는 라헬이 했던 후자의 얘기가 더 진실이 아닐까 싶다.

이미 난 그 세계를 살아가는 여러 인물에게 동조화된 경험이 있다.

해서 데브게니안 대륙의 귀족들이 얼마나 지독하고 냉정한지 잘 알고 있다.

"좋아, 다음."

"오른쪽에 있는 영혼의 이름은 키르윤. 능력은 일루전이랍니다. 사람에게 환상을 보여주죠. 아주 리얼하고 사실 같은 그런 환상을 말이에요. 키르윤은 이 능력으로 숱한 사람들을 미쳐 버리게 만들었답니다."

"키르윤은 뭐하던 인간이었지?"

"딱히 직업은 없었답니다. 돈이 필요하면 아무 집이나 들어갔지요. 그리고 집주인을 지독하게 무서운 환상 속에서 헤

매게 하고 금품을 훔쳤지요. 그러니 직업이랄 게 딱히 뭐가 필요했을까요?"

"그렇겠네. 근데 환상이나 최면이나 비슷한 능력 아니야?"

내겐 이미 캐러반의 능력인 최면술이 있다.

그리고 해결하기 까다로운 의뢰 하나를 최면술의 도움으로 깔끔하게 해결했었다.

거짓을 진실되게 만든다는 점에서 환상은 최면과 비슷한 게 아닐까?

내 물음에 라헬은 검지를 세워 양옆으로 흔들었다.

"다르답니다."

"어떻게?"

"최면은 내가 상대의 의식 속으로 침투해 그를 변화시켜 놓는 것이랍니다. 즉 내부를 바꿔 버리는 것이죠. 하지만 환상은 사람의 내부를 바꿔 놓진 못한답니다. 외부의 모든 것들을 바꿔 버림으로써 상대방을 현실 인지 불능 상태로 만드는 거지요."

"무슨 말인지 알겠어."

라헬이 시선을 따로 그룹 지어진 두 개의 영혼으로 돌렸다.

"이 영혼들은 13,000링크와 35의 영력이 필요하답니다. 오른쪽 영혼의 이름은 바넷사. 능력은 화 속성 상급 마법 인페르노(Inferno). 그는 떠돌이 방랑 마법사였답니다. 재산이 산처럼 많거나 명망 높은 귀족은 아니었지만 삶의 행복 지수로 따지자면 누구보다 행복한 인생을 살았던 이였죠. 그는 평생을 여행자로 살면서 그 무엇으로부터도 자신을 억압하지 않았으니까요."

이제 불행한 과거가 나올 차례겠지.

"하지만 죽음에 이르는 순간 자신의 흔적을 남길 존재가 없다는 것이 한탄스러웠던 거죠. 바넷사에겐 자식이 없었거든요. 아, 남자가 아닌 여자였답니다."

"그게 한이 돼서 레이브란데와 계약을 맺었다?"

"그렇죠."

만약 바넷사의 영혼의 퀘스트를 하게 되는 날엔 애 하나라도 낳아줘야 할 분위기군.

그건 절대 사양이다.

"그 옆에 영혼은?"

"이 영혼의 이름은 로캄. 능력은 수 속성 상급 마법 샤워(Shower)랍니다. 왕실마법사였고 전쟁에서도 혁혁한 공을 세웠죠. 재산도 많았고 명성도 드높았답니다. 하지만 그는 마법사들의 전당인 빛의 탑에 평생 한 번도 발을 들일 수 없었죠."

"왜?"

"로캄은 뱀파이어와 인간 사이에서 태어난 하프 뱀파이어였으니까요. 그렇다고는 해도 그에게 흡혈의 욕구가 있는 건 아니었죠. 뱀파이어처럼 반영구적인 삶을 사는 존재 역시 아니었구요. 햇빛을 두려워하거나 성수에 맞으면 몸이 타들어가지도 않았답니다. 뱀파이어보다는 인간의 유전자를 더 많이 가지고 태어났기 때문이죠. 그래서 왕실에서는 그를 왕실 마법사로 들였으나, 빛의 탑에서는 뱀파이어의 피가 섞인 로캄을 동료로 인정하지 않았답니다."

하프 뱀파이어라.

특이한 경우이긴 하군.

하지만 뱀파이어보다 인간에 더 가까운데 매몰차게 내치는 건 좀 너무한 처사가 아닌가 싶다.

"오케이. 다음."

라헬이 따로 무리 지어 있는 세 개의 영혼을 가리켰다.

"이 영혼들은 15,000링크와 37의 영력이 필요합니다. 왼쪽부터 소개해 드리죠. 이름은 샤를라임. 능력은 지 속성 상급 마법 어스(Earth)랍니다. 그 옆에 있는 영혼의 이름은 메이, 능력은 풍 속성 상급 마법 스톰(Storm)이지요. 마지막 영혼의 이름은 라이. 능력은 뇌 속성 상금 마법 썬더(Thunder)고, 메이와 자매지간이랍니다."

"셋 다 마법사네?"

"네. 그런데 이들은 살아생전 아주 악명 높은 사악한 마법사들이었어요. 셋이 늘 무리 지어 다니며 못된 짓이란 못된 짓은 전부 벌이고 다녔죠. 세상 사람들은 그들을 다크메이지(Dark Mage)라고 불렀답니다."

"그런데 왜 레이브란데와 계약했대? 죽는 순간 지금껏 벌인 악행이 후회되기라도 했나?"

라헬이 손가락을 딱 튕겼다.

"빙고!"

"…맞아?"

"그렇답니다. 사실 그들에겐 각각 한 명의 자녀가 있었더 랬죠. 게다가 전부 아들이었어요. 당연한 얘기지만 남편도 있 었구요. 그런데 국가에서 이 다크메이지들에게 대대적인 토 벌령을 내린 뒤, 큰 전쟁이 발발했는데, 그때 남편과 아이가 모두 죽임을 당하고 말았죠. 다행스럽게도 세 마법사는 전부 살아남았답니다. 하나, 핏줄을 잃은 슬픔에 살아도 사는 게 아닌 하루하루가 반복되었죠."

"결국 자기들의 악행 때문에 가족들이 죽었다는 죄책감이 스스로를 반성하게 만들었단 말이군."

"맞아요. 역시 지웅 님은 영특하시네요."

라헬이 밝게 미소 지으며 박수를 쳤다.

짝짝짝.

내가 머리에 털 나고서 저토록 영혼 없는 박수는 또 처음 본다.

"마저 설명해 봐."

라헬은 마지막으로 무리 지어 있는 네 개의 영혼을 가리켰 다.

"이 네 영혼은 18,000링크와 40의 영력이 필요하답니다.

이번에도 왼쪽부터 차례대로 설명드릴게요. 이 영혼의 이름은 한트. 능력은 바람의 정령 실프를 소환할 수 있었답니다."

"정령술사였어?"

라헬이 고개를 끄덕였다.

"그렇죠. 그리고 나머지 세 영혼도 정령술사랍니다."

아까는 셋 다 마법사더니 이번엔 넷 다 정령술사야?

"이번에도 인생을 함께했던 이들인가 보지?"

"그렇답니다. 한트 옆의 영혼은 패터. 능력은 물의 정령 운디네를 소환할 수 있지요. 그 옆의 영혼은 매클린. 불의 정령 살라만다를 소환한답니다. 마지막 영혼의 이름은 프란츠. 땅의 정령 노움을 소환할 수 있지요."

정령술사들에 대한 지식은 내 머리에도 잘 정돈되어 있다.

특별히 그들의 존재에 대해 따로 공부한 건 아니다.

데브게니안 대륙을 살아가던 여러 존재들의 인생을 대신 살아주다 보니 그들의 지식이 전해진 것뿐이다.

정령술사들은 재능을 타고나는 경우가 대부분이다.

후천적 노력으로 인해 정령술사가 되는 경우는 거의 없다.

그들은 태어날 때부터 정령의 존재를 어렴풋이 느끼고 교감하게 된다.

그중 자신과 가장 성향이 맞는 정령들과 계약을 맺게 된다.

보통 한 종류의 정령과 계약을 맺게 되지만 재능이 뛰어난 경우 둘, 혹은 그 이상의 정령들과 동시에 계약을 맺기도 한다.

정령의 종류는 총 넷이다.

바람의 정령 실프, 불의 정령 이프리트, 물의 정령 운디네, 땅의 정령 노움.

그들 중 하나, 혹은 그 이상의 정령과 계약을 맺으면 비로소 정령을 현실계로 소환할 수 있는 정령술사가 된다.

그리고 계약을 맺은 정령들은 정령술사와 함께 성장한다.

정령들은 정령 마법이라는 것을 사용한다.

정령 마법이란 정령들이 자신의 속성에 맞는 원소를 자유자재로 다루는 것을 말한다.

물의 정령은 물이 없는 장소에서도 물을 만들어내 여러 가지 일을 가능케 한다.

이를테면 운디네와 계약을 맺은 정령술사가 뜨거운 사막을 걷다가 수통의 물이 고갈되었을 경우, 운디네를 소환하면 다시 수통에 시원한 물을 가득 채울 수 있다.

세면이 하고 싶으면 그것도 가능하다.

아울러 적을 공격할 수도 있다.

운디네는 물을 뾰족한 창 모양으로 만들어 적들의 몸을 꿰뚫을 수도 있고, 수십 개의 작은 물방울을 빠른 속도로 쏘아 보내 타격을 줄 수도 있다.

정령이 많이 성장한 상태라면 커다란 파도를 만들어 적들을 쓸어버리는 것도 무리가 아니다.

정령이 성장할수록 그들의 정령 마법도 같이 강해지기 때문이다.

"그들의 삶은 어땠지?"

내 물음에 라헬이 바로 대답했다.

"한마디로 고단했답니다. 한트, 패터, 매클린, 프란츠. 이 네 명의 아이는 정령의 재능을 타고난 건 아니었으니까요. 이 아이들은 모두 고아랍니다. 부모에게서 버려진 비참한 인생들인 거죠. 당시 그들이 태어난 국가 '라브론'에서는 '바라칸트'라는 유명한 정령술사가 비밀리에 자신만을 위한 군단을 만들고 있었답니다. 그가 원하는 것은 정령술사로만 이루어진 군단이었죠. 그래서 바라칸트는 전국의 고아들을 모두 데려와 어렸을 때부터 정령술을 가르치며 감금시켜 놓고 키웠답니다. 말이 좋아 키운 거지, 그건 사육이나 다름없었죠."

그렇지.

원치 않는 것, 혹은 스스로의 의지가 아닌 타인의 의지로 삶이 정해지고 키워진다면 그건 사육과 다를 바가 없다.

"어렸을 적엔 아무것도 모른 채 바라칸트가 만들어놓은 규칙에 따라 무작정 따르며 정령술사로 키워졌죠. 정령술사는 본래 타고난 재능이 있어야만 하는 될 수 있는 것이지만 바라칸트는 이를 인위적으로 만들어내려 했답니다. 어떻게 그게 가능했는지에 대해서는 지금까지도 미스터리지요. 아무튼 네 아이는 다른 수백의 아이들과 함께 정령술사로서 성장하게 되었고 바라칸트의 충실한 심복이자 그를 지키는 군단이 되었답니다. 그러던 어느 날 바라칸트는 역심을 품어 반란을 일으켰고, 큰 전쟁이 발발하게 되죠. 결과는? 바라칸트가 패배하고 말았답니다. 당연한 얘기지만 반란에 가담한 네 사람도 죽음을 면하지 못했죠. 그들은 단 한 번도 자신의 인생을 살아본 적이 없다는 것에 회의를 느꼈고 레이브란데와 영혼의 계약을 맺게 되었답니다."

"그렇군."

"이제 영혼에 대한 설명은 다 끝났네요. 어떻게 하실 건가요, 지웅 님?"

지금 내게 남아 있는 링크가 18만이다.

영혼들을 모두 사는 데 필요한 링크는 16만 5천 링크.

'그래, 다 지르자.'

어차피 사게 될 영혼들이다.

괜히 뒤로 미룰 필요가 없다.

"전부 사겠어."

내 대답에 라헬이 두 손을 모아 싹싹 비볐다.

"아주 훌륭한 선택이십니다, 지웅 님."

라헬이 양팔을 쫙 펼치자 11개의 영혼이 일제히 내게 날아와 몸속으로 스며들었다.

이로써 남은 링크는 1만 5천에서 2만 링크 정도.

물론 내가 여기서 라헬과 거래를 하는 와중에도 유튜브로 인해 계속 링크가 쌓이는 중이니 그 이상일지도 모르겠다.

"오늘도 소울 스토어를 이용해 주서서 감사합니다. 그럼 안녕히 가시길."

라헬이 공손하게 허리를 숙여 보였다.

"어이."

"왜 그러시죠?"

라헬은 내게 인사를 건네던 그 자세 그대로 고개만 들어 물었다.

"조금 이상하다?"

"뭐가 말입니까?"

"원래 거지 되면 네 태도가 언제 그랬냐는 듯 싹 바뀌었었잖아? 근데 오늘은 어째 한결같음을 보여주네? 뭐 잘못 먹었어?"

"그럴 리가요. 참고로 전 이 공간에서 먹지도, 자지도, 싸지도 않는답니다."

"그런데 왜 그래? 적응 안 되게."

라헬이 의미심장한 미소를 지었다.

그리고 잠시 뜸을 들이다 대답했다.

"알고 있으니까요."

"알고 있다니… 뭐를?"

"지웅 님과 저의 만남이 이제 곧 끝날 것이라는 걸."

만남이 곧 끝난다?

…그러고 보니 내가 지금까지 모은 영혼의 수가 총 마흔넷

이나 되는구나.

앞으로 남은 영혼의 수는 여섯.

'레이브란데의 계약도 끝이 보인다.'

모든 영혼을 다 모으게 되면 드디어 카시아스의 속내를 알 수 있게 되겠지.

아무튼 라헬도 은근히 감성적인 면이 있었다는 것에 놀랐다.

그런 건 개미 코딱지만큼도 없는 인간인 줄 알았는데, 그게 아닌 모양이다.

난 머리를 긁적이며 멋쩍게 말했다.

"그래 뭐… 이제 얼마 안 남긴 했네."

"지웅 님."

"응?"

"지웅 님은 카시아스가 바라는 게 무엇이라고 생각하시나 요?"

"……."

갑자기 이런 질문은 왜 하는 거야?

오히려 내가 묻고 싶은 말이다.

"뭔지 모르겠어. 그녀가 진짜 바라는 게 무언지. 왜 내게 레이브란데의 인과율을 시전한 건지."

레이브란데는 맑갛게 웃었다.

그 미소가 너무 천진난만해서 아이처럼 보일 정도였다.

"모든 답은 지웅 님에게 있답니다."

"…뭐?"

"곧 알게 되겠죠. 그리고 놀라운 진실을 마주하게 되겠죠."

"네가 그런 걸 어떻게 알아?"

"안답니다."

"그러니까 어떻게?"

레이브란데의 시선이 내 머리끝부터 발끝까지를 천천히 훑다가 다시 내 눈에 고정되었다.

"제게는 보이니까요. 사람의 영혼이."

"무슨 말을 하는 건지……."

"데브게니안 대륙에도 지웅 님과 똑같은 영혼을 가진 사람이 있었죠."

라헬이 말을 할수록 의문이 해결되기는커녕 점점 더 머릿속이 복잡해지는 기분이었다.

가만… 한데 지금 저 녀석이 저런 이야기를 한다는 건, 카시아스의 목적을 알고 있다는 거잖아?

"라헬. 네가 알고 있는 걸 말해줘."

"무엇을요?"

"카시아스의 목적."

"……."

라헬이 입을 꾹 닫았다.

"너는 알고 있잖아. 그러니 내게 말해줘. 그녀가 뭘 원하는 건지. 왜 날 선택한 건지."

"그것은 제 입을 통해 들을 만한 이야기가 아니랍니다. 그리고 제가 얘기 안 해도 곧 지웅 님께서는 모든 걸 알게 되실 겁니다."

"넌 어떻게 알았지? 카시아스가 네게 모든 사실을 털어놓은 건가?"

"아니요. 하지만 레이브란데의 인과율이 어떠한 이유에서 만들어진 마법인지를 알게 된다면… 이 마법을 필사적으로 찾아내 지웅 님께 시전한 카시아스의 목적이야 뻔하죠."

"그러니까 시원하게 말을 좀 해달라고!"

라헬은 시선을 위로 들어 올렸다.

그러고는 피곤하다는 듯 목을 좌우로 천천히 꺾었다.

"너무 많이 떠들었군요. 이제 그만… 나가주세요."

"라헬, 그러지 말고 얘기를……."

"나가라고 했습니다."

순간 라헬은 눈동자를 아래로 깔아 날 쏘아보았다.

동시에 숨 막히는 압박감이 내 전신을 짓눌렀다.

'뭐, 뭐야 이거?'

난 나가라는 그의 말을 도저히 거역할 수 없었다.

내가 소울 스토어와의 접속을 끊는 순간 라헬에게서 풍겨지던 사나운 기운은 사라졌고, 그도 다시 미소 지었다.

Chapter 7
뉴클리어 VS 어벤저

나는 다시 대기실에 홀로 앉아 있었다.

'대체 뭐야, 방금 그건.'

라헬의 마지막 모습이 머릿속에서 떠나질 않았다.

말로 다 설명할 수 없는 그 위압감은 평소의 라헬이라고 보기 어려웠다.

완전히 다른 사람 같았다.

'그게 라헬의 본모습인 건가?'

하지만 내가 알기로 라헬은 실제로 존재치 않는 인간이다.

레이브란데가 만든 마법, 레이브란데의 인과율 안에 자리한 시스템 중 하나일 뿐이다.

그런 존재가 상대방에게 위압감을 줄 수 있다는 게 가능한 것일까?

'아니, 어쩌면 마법이기에 가능한 것일지도.'

마법은 일반 상식의 범주를 벗어나는 일들이 가능케끔 만든다.

난 지금 상식적인 한도 내에서 생각을 하려 하고 있었다.

어찌 되었든 라헬의 인격을 만든 게 레이브란데가 맞다면, 정말 그 마법사는 괴짜 중의 괴짜임이 틀림없으리라.

일단 놀란 가슴을 진정시켰다.

지금은 내가 따로 해야 할 일이 있다.

"마인드 탭."

이름 : 유지웅

소속 : 지구, 대한민국

성별 : 남

나이 : 20

영력 : 40/40

영매 : 44

아티팩트 소켓 5/4

보유 링크 : 23,521

영매의 숫자가 참 아름답다.

처음에는 언제 쉰 개의 영혼을 다 모으나 했는데, 벌써 끝이 보인다.

데일리 히어로 사이트를 만든 게 신의 한 수였다.

난 영매를 터치했다.

팅—

영매

패시브 소울 : 19

—강인한 육신[소라스]

—뛰어난 청력[파펠]

—뛰어난 자가 치유력[라모나]

—남성을 유혹[아르마](침묵)

—완벽한 절대미각[리조네]

—뛰어난 요리실력[마르펭]

—뛰어난 민첩성, 근력[바레지나트]

—아이언 스킨[지그문트]

—굉장한 창술[블랑]

—굉장한 궁술[쟈비아]

—굉장한 리더십[길버트]

—포이즌[루카스]

—애니멀 링크[카인]

—완벽한 민첩성[벨로아]

—염력[시다스]

—육체 재생[아치]

—음속 이동[커즐]

—체인지 애니멀[알렉사]

—일루전[키르윤]

액티브 소울 : 25

—낭아권[무타진/소모 영력 1/재충전 5초]

—화 속성 초급 마법 번(Burn)[마르카스/소모 영력 5초당 1]

—수 속성 초급 마법 아쿠아(Aqua)[레뤼른/소모 영력 5초당 1]

—천상의 목소리[로레인/소모 영력 5초당 1]

—뇌 속성 중급 마법 라이트(Light)[포포리/소모 영력 3초당 1]

—화 속성 중급 마법 파이어(Fire)[파멜라지나/소모 영력 3초당 1]

—지 속성 중급 마법 더트(Dirt)[제피엘/소모 영력 3초당 1]

—투시[잘루스/소모 영력 1초당 1]

—타임 리와인드[샹체/소모 영력 10/1일 3회 제한]

—섀도우 워커[크라임/소모 영력 3초당 1]

—투명화[루/소모 영력 3초당 1]

—검기[제서스/소모 영력 1초당 1]

—최면[캐러반/소모 영력 없음/30일 1회 제한]

—수 속성 중급 마법 웨이브(Wave)[아틸리/소모 영력 3초당 1]

—중력 제어[요마르/소모 영력 1초당 1]

—사이코메트리[씰/소모 영력 없음/1일 1회 제한]

—화 속성 상급 마법 인페르노(Inferno)[바넷사/소모 영력 1초당 1]

—수 속성 상급 마법 샤워(Shower)[로캄/소모 영력 1초당 1]

—지 속성 상급 마법 어스(Earth)[샤를라임/소모 영력 1초당 1]

—풍 속성 상급 마법 스톰(Storm)[메이/소모 영력 1초당 1]

—뇌 속성 상급 마법 썬더(Thunder)[라이/소모 영력 1초당 1]

—바람의 정령 실프[한트/소모 영력 1초당 1]

—물의 정령 운디네[패터/소모 영력 1초당 1]

—불의 정령 살라만다[매클린/소모 영력 1초당 1]

—땅의 정령 노움[프란츠/소모 영력 1초당 1]

예상은 했었지만, 체인지 애니멀과 일루전 말고 나머지 능력은 전부 액티브 소울이었다.

어디 보자.

우선 모든 종류의 상급 마법을 얻게 되었다.

정령도 네 종류를 전부 얻었다.

체인지 애니멀과 일루전은 여러 가지 상황에서 적절하게 사용할 수 있는 유용한 능력이다.

난 영매 탭을 닫고 아티팩트 소켓을 터치했다.

팅—

아티팩트 소켓 : 5/4

착용 중인 아티팩트

—신레이븐 링

—비욘드 텅

—인피니트 포션

—무한의 가방

보유 중인 아티팩트

―신레이븐 링: 레이브란데가 만든 반지. 반지를 착용한 자는 자신이 사들인 영혼의 능력을 타인에게 전이할 수 있으며 원하는 경우 다시 가져올 수 있다. 더불어 자신이 가지고 있는 영혼의 능력 중 하나를 침묵시킬 수 있다. 영구적 침묵은 아니므로 언제든 침묵의 해제가 가능하다.

―비욘드 텅: 레이브란데가 만든 목걸이. 링크로 사들인 영혼의 능력을 십수 배 이상 강화시킬 수 있다. 단, 강화 유지 시간은 30분이며, 하루에 한 가지 능력밖에 강화할 수 없다. 강화시킨 능력의 유지 시간이 끝나면 그날 하루는 그 능력 자체를 사용할 수 없게 된다.

―인피니트 포션 : 레이브란데가 절명의 미궁에서 발견한 고대의 아티팩트다. 인피니트 포션은 자체적으로 힐링 포션을 만들어낸다. 힐링 포션이 생성되는 기간은 한 달이다. 힐링 포션이 효력을 발휘하려면 반드시 병에 가득 채운 다음 그것을 전부 마셔야 한다. 만약 힐링 포션이 병에 가득 채워지지 않았는데 마시거나, 가득 채워졌다 하더라도 전부 마시지 않는 경우, 아무런 효력을 발휘하지 않는다. 인피니트 포션의 효과 범위는 신체의 일부가 완전히 잘려 나가지 않은 한 모든 상처를 치료할 수

있다. 단, 상처가 난 지 2시간이 지나지 않아야 한다.

—무한의 가방: 천으로 만든 크로스백 형태의 가방. 레이브란데가 신묘의 화원에서 발견한 아티팩트다. 가방의 입구보다 작은 물건은 무한정으로 집어넣을 수 있다.

—영혼의 보옥: 레이브란데가 마제스의 신전에서 발견한 아티팩트다. 영혼의 보옥을 먹으면 타인의 기억을 읽을 수 있게 된다.

아티팩트 소켓을 업그레이드하시겠습니까?

업그레이드 비용은 1,000링크입니다.

[Yes/No]

보유 중인 아티팩트 목록에 영혼의 보옥이 추가되었다.

하지만 아티팩트 소켓을 업그레이드하지 않아 착용 중으로 표기되진 않았다.

라헬에게 얻은 아티팩트는 소켓을 업그레이드시켜야 사용을 할 수가 있다.

'그런데 영혼의 보옥은 어디로 간 거야?'

라헬에게 사긴 샀는데 내 손에 쥐어져 있지는 않았다.

주머니를 뒤적였다.

영혼의 보옥은 바지 주머니에 들어가 있었다.

'아티팩트 소켓을 업그레이드해야겠어.'

난 눈앞에 보이는 'Yes'를 터치했다.

팅—

이제 아티팩트 소켓은 5가 되었다.

그러자 영혼의 보옥이 착용 중인 아티팩트 목록에 떴다.

아티팩트 소켓 : 5/5

착용 중인 아티팩트

······.

···.

—영혼의 보옥(사용 후 소멸)

어?

영혼의 보옥은 사용 후 소멸되는 아티팩트네?

라헬 이 자식이 일회용 아티팩트를 무려 13만 링크나 받고
판 거야?

'완전히 당했다.'

한 번밖에 사용할 수 없는 아티팩트인 만큼 최대한 신중에
신중을 기해야겠다.

—곧 데스 파이트 3회전 시합을 시작하겠습니다. 나이트 어벤

저, 나이트 뉴클리어는 경기장으로 나와주십시오.

마인드 탭을 닫는데 마침 사회자의 안내 멘트가 들려왔다.
'드디어 녀석과 붙는군.'
질 거라는 생각은 조금도 들지 않는다.
사실 뉴클리어가 두려운 존재는 아니었다.
백 번을 싸워도 백 번을 이길 수 있을 것 같았다.
그만큼 나는 강해졌다.
뉴클리어의 염력은 내게 큰 위협이 될 수 없을 게 분명하다.
덜컹.
대기실의 문이 열렸다.
설열음이 여전히 어깨에 카시아스를 올린 채, 문 앞에 서 있었다.
"나갈 시간이야."
"알고 있어."
설열음은 옆으로 비켜섰고, 난 대기실을 나왔다.
그리고 약간의 긴장하는 마음도 없이 경기장으로 향했다.

*   *   *

뉴클리어와 나는 마주 보고 서 있었다.

─데스 파이트 제 3회전 처음이자 마지막 경기를 시작하겠습니다. 이번 싸움에서 우승하는 자는 3연승을 기록함으로써 상금 오만 달러와 세이브 카드 중 하나를 선택할 수 있게 됩니다. 그럼 나이트 어벤저 대 나이트 뉴클리어의 시합! 시작합니다.

우와아아아아!

사회자의 멘트에 이은 객석 귀족들의 함성이 쏟아졌다.

뉴클리어는 다른 녀석들을 상대했을 때와 같이 느긋한 걸음으로 내게 다가왔다.

난 염력을 이용해 무형의 기운으로 전신을 감쌌다.

녀석이 언제 염력의 검으로 날 공격할지 몰랐기 때문이다.

그러고는 커즐의 음속 이동 능력을 이용, 번개같이 앞으로 튀어 나갔다.

뉴클리어와 나 사이의 거리는 150미터 남짓.

그 거리가 눈 깜짝할 새 사라졌다.

달렸다 싶은 순간 난 이미 뉴클리어의 지척에 다다라 있었다.

난 오른발을 힘껏 앞으로 내디뎌 땅에 콱 박은 뒤, 주먹을 말아 쥐고 낭아권을 시전했다.

"낭아권!"

음속의 스피드가 낭아권을 날리는 주먹에 실렸다.

쐐애애애액!

바람을 가르며 날아간 주먹이.

퍼억!

뉴클리어의 가면에 정통으로 틀어박혔다.

쩌저적!

놈의 가면이 깨지며, 뉴클리어는 뒤로 죽 날아가 경기장 외벽에 충돌했다.

콰아아앙!

뉴클리어가 충돌한 경기장 외벽은 와르르 무너져 내렸다.

뉴클리어는 외벽의 잔해 위에 힘없이 쓰러져 뻗었다.

일순 장내가 고요해졌다.

내가 데스 파이트에 진출하면서 한 번도 겪어본 적 없는 정적이었다.

'이 정도 충격이면 죽었을지도.'

낭아권은 온 힘을 실어 제대로 때리면 0.2톤의 무게가 1미터의 높이에서 떨어지는 것과 같은 충격을 유발한다.

그런데 그 낭아권에 음속의 스피드와 내 체중이 실렸다.

머리가 터져 나갔을 가능성이 높았다.

한데 뉴클리어가 처박힌 벽과 녀석이 날아간 경로 어디에도 핏자국이 보이지 않았다.

'설마.'

꿈틀.

뉴클리어의 축 늘어져 있던 몸이 꿈틀 거리더니 서서히 움직였다.

이내 그는 벌떡 일어났다.

두둑. 두두둑.

목을 좌우로 꺾고 팔과 다리를 탈탈 턴 그가 내게 천천히 걸어오며 말했다.

"이번엔 정말 죽을 뻔했지. 염력으로 보호하고 있지 않았다면 정말 죽었겠지… 아마."

그 찰나의 순간 염력을 이용해 보호막을 쳤다는 건가?

한 발 한 발.

녀석이 내게 다가올 때 마다 금이 간 하얀 가면이 조각조각 부서져 떨어졌다.

그러다 완전히 깨지며 가면 속에 있던 뉴클리어의 얼굴이 드러났다.

그는 아메리칸 뷰티, 즉 금발과 벽안을 가진 미남형의 서양인이었다.

"날 죽이지 못했으니 네가 죽게 되겠지… 아마."

내 공격을 막아낸 건 충분히 놀라운 일이다.

하지만 이미 실력의 차이가 하늘과 땅 차이라는 게 확연히 드러났다.

저 녀석은 그걸 느끼지 못하는 건가?

아니면 알고 있으면서도 감추고 객기를 부리는 것인가?

그런 생각을 하고 있을 때, 날카로운 기운이 사방에서 몰려오는 걸 느꼈다.

염력이었다.

염력의 칼로 놈은 날 찢어발기려는 것이다.

그러나.

카카카카카카카카캉!

나 역시 염력으로 몸을 보호하고 있는 상황이다.

뉴클리어의 염력은 내 염력을 뚫지 못했다.

"염력… 역시 너도 초능력자였군."

"파악하는 게 행동만큼 느리네."

"느려……? 내가……?"

"그래. 네 말투만큼 느리지."

"아… 그렇게 생각할 수도 있겠지, 아마."

음? 말이 좀 빨라졌네? 열 받았나?

"하지만 그건 날 잘 몰라서 하는 소리겠지. 대부분의 사람들이 날 잘 모르지. 그러다가 꼭 죽임을 당한 뒤 후회하지. 하지만 죽어서 후회해 봤자 이미 늦은 후회지, 아마."

뉴클리어는 점점 말을 빨리하더니 나중에는 속사포 랩을 하는 것 마냥 다다다다 쏟아 뱉었다.

난 그 꼴이 우스워 한마디를 안 던질 수 없었다.

"너 지금 힙합 오디션 프로 나왔냐?"

"너는 날 화나게 했고, 그 덕분에 난 상당히 화가 나버렸지. 화가 나면 숨기려 했던 내 진짜 모습이 나오고 말아. 그렇게 되면 네게 승산은 없어지지. 한 번에 날 죽이지 못한 걸 후회하게 될 거야, 아마!"

뉴클리어가 말을 마침과 동시에 시야에서 사라졌다.

아니, 사라진 게 아니었다.

내가 방심하고 있는 새, 눈으로 쫓아갈 수 없을 만큼 빠른 속도로 움직인 것이다.

찌릿!

뒤에서 싸늘한 살기가 느껴졌다.

'그새 내 뒤를 잡았어?'

뉴클리어는 거의 나와 대등한 속도로 움직이고 있었다.

그렇다면 일반적인 스피드로 녀석을 상대했다가 낭패를 볼지도 모르는 일이다.

난 음속의 능력을 계속 사용하며 몸을 틀었다.

그 순간 붉게 충혈된 뉴클리어의 눈동자가 보였다.

녀석은 염력을 이용해 내 몸 주변을 수도 없이 두들겨 댔다.

카카카카카카카캉!

하지만 내 염력은 강건하게 녀석의 공격을 막아냈다.

"중력 제어."

나이트 닌자와 싸울 때 써먹었던 중력 제어 기술을 뉴클리어에게 시전했다.

순간 뉴클리어의 어깨가 아래로 축 처졌다.

날 가격하던 염력도 사라졌다.

"잡았다."

뉴클리어의 발이 중력 제어로 인해 묶여 버렸다.

갑작스런 중력의 힘에 정신이 흔들려 염력도 사용하지 못한다.

하지만 시간을 오래 주면 분명 놈은 도망칠 것이다.

그전에 잡아야 한다.

"낭아권!"

한 번 더 낭아권을 놈에게 휘둘렀다.

한데.

텅!

그새 정신을 차린 뉴클리어가 염력으로 몸을 보호하고 있었다.

물리적 타격은 먹히질 않는다.

마법도 놈에게 제대로 된 대미지를 줄 수 있을지 의문이다.

그렇다면 답은 하나.

정신을 공격하는 것!

"일루전."

난 이번에 사들인 키르윤의 능력 일루전을 시전했다.

나를 바라보는 뉴클리어의 눈동자가 흐릿해졌다.

그리고 난 뉴클리어의 정신 속으로 침입할 수 있었다.

"뉴클리어. 지금 넌 지옥이라도 해도 좋을 만큼 기괴한 장소에 서 있다. 사방에선 뜨거운 용암이 파도처럼 네 몸을 후려치고, 용암 속에 사는 괴물들이 네 사지를 뜯어 먹고 있지. 네 염력도 용암은 막지 못했다. 괴물들의 거대한 이빨은 널 보호해 주는 염력을 찢고 들어가 네 몸에 박혔다. 살이 뜯기고 뼈가 부러졌다. 뱃가죽이 갈라져 오장육부가 흘러나왔다. 지금 기분이 어떻지?"

순간 뉴클리어의 사지가 바들바들 떨렸다.

놈의 이마에서 식은땀이 흘러내렸다.

뉴클리어의 미간이 구겨졌다.

이내, 얼굴은 고통과 공포로 점철되었다.

"이런… 미친……."

파르르 떨리는 음성이 뉴클리어의 입술을 겨우 뚫고 흘러나왔다.

"주, 죽지 않아… 죽지 않아……!"

뉴클리어는 내가 보여준 환상에 완전히 빠져들었다.

"아니, 넌 죽어. 지금도 계속 죽어가고 있지. 그것도 아주 고통스럽게. 차라리 죽는 게 낫겠다 싶을 정도로 말이야."

뉴클리어가 눈을 까뒤집으며 그 자리에 털썩 주저앉았다.

그리고 간질병 환자처럼 떨어댔다.

"괴, 괴로워… 괴로워… 괴롭다고! 아파! 아프다고! 주, 죽여줘! 차라리 날 죽여줘! 죽여줘어어어어어!"

뉴클리어가 괴성을 질렀다.

그러고서는 바닥에 넙죽 엎드려 제 머리카락을 쥐어뜯었다.

"뉴클리어. 살인 청부를 받고 날 죽이려 했으니 나도 널 죽여야겠다."

사실대로 말하자면 난 이제 살인에 대해 그다지 큰 거부감이 없다.

이미 영혼의 퀘스트를 여러 차례 진행하면서 살인이라는 행위에 익숙해졌기 때문이다.

그래서 뉴클리어는 죽여야겠다.

난 손을 뻗어 뉴클리어의 굽어진 등을 겨냥한 채 시전어를 외쳤다.

"썬더!"

뇌 속성 상급 마법 썬더가 시전되자 하늘에서 거대한 번개 다발이 내려와 뉴클리어의 몸을 때렸다.

번쩍!

콰르릉! 콰릉! 콰르르르르릉!

무식한 번개 다발은 쉴 새 없이 뉴클리어의 전신을 두들겨 팼다.

장내의 귀족들은 귀를 막고 눈을 감았다.

번개가 한 번 내리칠 때마다 경기장이 들썩였다.

뉴클리어는 그 막대한 위력 속에서 비명도 지르지 못했다.

십수 번의 번개 다발이 내리친 이후에야 난 손을 거두었다.

뉴클리어는 바닥에 웅크린 자세 그대로 까만 재가 되었다.

그의 몸에서 검은 연기가 솟아올랐다.

난 발로 바닥을 세게 굴렀다.

쾅!

그러자 뉴클리어의 형체를 유지하고 있던 잿덩이가 부서져 내렸다.

뉴클리어는 죽었다.

전투는 끝났다.

―제 3회전, 승자는 나이트 어벤저!

내 승리를 알리는 사회자의 멘트에 귀족들이 광기에 미친 환호성을 보냈다.

와아아아아아아!

"역시 잔인해! 어벤져! 우린 너 같은 미친놈을 기다렸다!"

"내 눈이 정확했군! 내가 뭐랬어? 저놈은 초능력자라니까! 멋지다, 어벤져!"

"잘 죽였다! 내 속이 다 후련해! 뭐? 나이트 뉴클리어에게 원한이라도 있냐고? 전혀! 와하하하하하!"

"어벤져! 어벤져! 어벤져! 어벤져!"

누군가가 내 이름을 열창했고, 이어 객석의 모든 귀족들이 내 이름을 소리쳐 불렀다.

띠링!

　—시합에서 또 이겼네요! 지웅 님을 믿어준 귀족들의 마음에 보답해 주었으니 링크를 드려야겠죠? 선행을 쌓아 963링크가 주어집니다.

　—나이트 어벤저에게는 세 번의 파이트 머니로 배당액의 0.1퍼센트인 삼만칠천팔백 달러가 지급됩니다.

37,800달러면 원으로 환전했을 때 대략 4,500만 원 정도가 된다.

　—아울러 하루 동안 3회전의 시합을 모두 우승했으니 그에 대한 특전으로 현금 오만 달러, 혹은 세이브 카드 중 하나를 선택할 수 있습니다. 무엇을 선택하겠습니까?

당연히 처음 마음먹었던 대로 가야지.

"현금 오만 달러."

내 말에 귀족들은 박수를 치며 좋아했다.

"그래! 세이브 카드가 웬 말이야! 나이트라면 당연히 돈을 택해야지!"

"현명하군, 나이트 어벤저!"

멋대로들 떠들어라.

내가 보상을 선택하자 진행 요원이 다가와 두툼한 봉투 하나를 내밀었다.

열어서 안을 보니 오만 달러가 들어 있었다.

─현금 오만 달러를 바로 지급해 드렸습니다.

그때 관중석에 있던 누군가가 내게 욕설을 지껄였다.

"이 개자식이 또 나를 엿 먹여!"

그는 다름 아닌 무함마드였다.

난 씩씩대는 무함마드에게 가운데 손가락을 세워 보였다.

무함마드의 얼굴이 붉게 달아올랐다.

"넌 내가 반드시 죽여 버리겠다!"

"그럼 지금 내려와서 한판 붙든가!"

저번에는 그냥 경기장을 나갔지만, 이번에는 지지 않고 맞섰다.

그러자 귀족들의 얼굴이 흥미진진해졌다.

난 제발 무함마드가 경기장에 내려와 주길 간절히 바랐다.

하지만 그런 일은 벌어지지 않았다.

─나이트 어벤저는 이만 퇴장해 주십시오.

사회자가 나를 퇴장시켜 상황을 종결하려 했다.

─귀족 무함마드께서는 자중하십시오. 콜로세움은 신성한 곳입니다.

당장에라도 내게 달려들 듯 벌떡 일어나 씩씩대던 무함마드는 사회자의 한마디에 다시 착석했다.
난 그런 무함마드를 매섭게 쏘아본 뒤, 경기장을 빠져나왔다.

Chapter 8
백 인의 매드 맨 VS 어벤저

대기실로 돌아가는 중에 설열음과 만났다.

나는 설열음에게 아까부터 궁금했던 것을 물었다.

"그런데 말야, 전에 왔을 때는 너 대신 안내 요원이 와서 2
회전, 3회전 출전 여부를 물었었던 것 같은데?"

"그랬지."

"게다가 3회전에 출전하겠다고 하니 큰 대기실로 이동해
서 3회전 출전자들끼리 함께 있도록 해주었고. 물론 3회전 내
예상 상대였던 나이트 방콕은 2회전에서 매드 맨과 싸우다
죽어버리는 바람에 그 큰 대기실을 나 혼자 사용하긴 했었지
만."

"그것도 그랬지."

"그런데 이번에는 왜 전과 달라?"

"특별 대우야."

"무슨 특별 대우?"

"달봉이를 내게 빌려준 것에 대한 특별 대우. 내가 직접 나이트들을 상대하는 일은 별로 없어."

그러니까 뭐야.

카시아스를 빌려준 것에 대한 특별 대우라는 게, 설열음이 직접 날 상대해 주니 고마워하라는 거야?

그런 특별 대우는 그다지 필요 없는데.

내가 속으로 투덜대고 있자니 설열음이 다시 말을 이었다.

"넌 단순히 내가 데스 파이트의 커플러라고만 생각하겠지. 하지만 내 직책은 그것보다 훨씬 높아."

"그런 거엔 별로 관심 없고."

"아무튼 이 몸이 나이트인 널 특별 대상으로 생각해서 몸소 찾아왔다는 건 대단한 일이야. 게다가 큰 대기실에서 다른 나이트들과 부대끼는 걸 그다지 좋아할 것 같지 않아서 줄곧 개인 대기실을 사용할 권리까지 주었으니 고맙게 생각해 줬으면 해."

"쓸데없는 배려야."

"그렇게 생각한다면 어쩔 수 없고. 아무튼 두 번째 3연승 축하해."

"빈말이겠지만 고맙다."

"너 역시 고맙다는 거 빈말이지?"

"눈치 빠르네."

"영양가 없는 대화 그만하자. 너한테 얘기해 줄 게 있어."

드디어 본론을 꺼내는군.

무슨 얘기가 나올지 뻔히 알고 있었지만 모른 체 물었다.

"뭔데?"

"3연승을 두 번 한 나이트에게는 귀족 심사에 지원할 자격이 생겨."

"귀족 심사라니?"

"말 그대로 귀족의 자격을 취득할 수 있는 심사지. 지원하고 말고는 네 자유야. 알고 있겠지만 다운 타운은 누군가에게 무엇을 강요하지 않아. 그저 참가할 자격을 줄 뿐이지."

확실히 그건 그렇다.

다운 타운은 내게 뭘 강요한 적이 없다.

무천도사가 날 데스 파이트에 추천했을 때도 설열음은 나를 찾아와 데스 파이트에 출전할지 말지는 본인의 의사로 결정하라 했었다.

그리고 데스 파이트에 출전한 다음에도 1회전에서 승리할 시 2회전에 나갈지 그만둘지 여부를 늘 본인이 정할 수 있게 해줬다.

이번에도 마찬가지다.

귀족 심사에 응하든, 응하지 않든 그것은 오로지 내 자유라고 설열음은 말한다.

평소 같았다면 단칼에 거절했겠지만, 이번에는 참여해야 한다.

다운 타운에서 진행되고 있는 지구 멸망의 미친 계획을 막아야 하기에.

"어떻게 심사하는데?"

"별거 아니야. 매드 맨 백 명과 싸워서 이기면 돼."

"백 명과 동시에 싸우나? 아니면 한 명씩?"

"동시에."

"그런데 그게 별거 아니라고?"

"네 수준에서 보자면 별거 아니잖아? 솔직히 말해봐. 너도 그렇게 생각했지?"

"뭘 속이겠냐. 사실 그래."

"그럼 이번 기회에 귀족이 되도록 해. 널 위해서 하는 말이야."

"그게 왜 날 위해서 하는 말이지?"

"곧 엄청난 일이 벌어질 테니까. 세상 사람들은 상상도 못할 그런 엄청난 일이. 난 네게 큰 찬스를 주는 거야."

그래, 엄청난 일이 일어나겠지.

그리고 난 그 엄청난 일이 벌어지기 전에 막을 거다.

"네가 주는 찬스 같은 건 모르겠고, 귀족이 되면 뭐가 좋은

지 말해봐."

"다운 타운 제2구역에 발을 들일 수 있게 되지."

"아직 발 들여보지 않아서 거기 갈 수 있다는 게 좋은 건지 나쁜 건지는 모르겠다. 또 다른 건?"

"제2구역에서 네 집을 구매할 수 있게 되고."

"집은 나도 있어."

"다운 타운의 집은 보통의 집과는 전혀 다른 의미를 갖고 있어. 넌 모르겠지만."

아니, 이미 다 알고 있다.

다운 타운에 개인의 집을 소유한다는 건, 너희들이 계획하는 인류 멸망 프로젝트에서 구원받을 수 있는 선택된 사람이라는 뜻이니까.

"내가 모르는 걸 가지고 백번 말해봤자, 그게 좋은 이유가 될 순 없어. 또 다른 건."

"2구역에서는 본능에 충실한 삶을 살 수 있지."

"그게 무슨 소리야?"

"법이 없어, 그곳은. 무법 지대야. 살인, 마약, 폭력, 간통, 강간, 강도, 그 모든 게 가능하지. 다만 제2구역의 저택이나 건물을 파괴하거나 망가뜨리는 행위는 하면 안 돼. 그럴 경우 즉시 귀족의 자격을 박탈당하게 될 거야."

역시 설열음은 제정신 박힌 여자가 아니다.

나한테 지금 제2구역이 좋은 점에 대해서 얘기하는 거 맞아?

내 질문 잘못 이해한 거 아니야?

"난 네가 말한 게 좋은지 전혀 모르겠다."

"그럼 답 나왔네. 귀족 심사, 지원 안 하는 거지?"

"아니."

"…할 거라고?"

"응."

"왜?"

"이유가 필요해?"

"그런 건 필요 없어. 내가 궁금해."

난 잠시 뜸을 들이다가 그녀의 눈을 똑바로 바라보며 대답했다.

"제2구역이 얼마나 더러운 곳인지 직접 확인하고 싶어졌어."

그에 설열음의 입가에 미소 비슷한 것이 맺혔다.

하지만 그것은 순식간에 사라졌다.

그녀는 평소처럼 차가운 음성으로 이렇게 말했다.

"다들 그런 식으로 접근했다가 2구역을 사랑하게 돼. 그럼 참가 신청 해놓을게. 대기실에서 기다려."

대화를 나누는 동안 우리는 내 대기실 앞에 도착해 있었다.

설열음이 대기실의 문을 열었고, 난 안으로 들어섰다.

카시아스는 설열음의 어깨 위에 앉아 아무것도 모르는 나태한 고양이마냥 상황을 관조하고 있었다.

이번에는 내게 텔레파시조차 보내지 않았다.

대기실 문이 닫혔다.

설열음의 구두 소리가 빠르게 멀어졌다.

착각하지 마, 설열음.

내가 2구역을 사랑하게 되는 일은 없을 테니까.

＊　　　＊　　　＊

내 앞엔 백 명의 매드 맨이 서 있었다.

덕분에 넓은 경기장의 반이 꽉 찼다.

백 명의 매드 맨은 하나같이 대머리였다.

그리고 같은 디자인의 검정색 양복을 걸치고 있었다.

일전에 데스 파이트에 출전해서 싸웠던 매드 맨도 지금의 매드 맨들과 똑같은 모습이었다.

개성이라는 건 찾아보려야 찾아볼 수가 없었다.

매드 맨은 다운 타운에서 전투를 위해 만든 미친 광인이다.

그들은 고통을 느끼지 못한다.

그래서 상대에게 더욱 저돌적으로 달려들 수 있다.

―지금부터 데스 파이트 최고의 경기, 귀족 심사를 시작하겠습니다. 이번 귀족 심사에 지원한 이는 데스 파이트에 단 두 번

참여하는 것만으로도 엄청난 화제를 몰고 온 태풍의 핵! 나이트 어벤저입니다. 박수 부탁드립니다!

짝짝짝짝짝짝!
사회자의 멘트에 객석에서 박수와 함성이 터져 나왔다.

—백 인의 매드 맨 대 나이트 어벤저! 과연 나이트 어벤저는 매드 맨을 모두 쓰러뜨리고 귀족의 작위를 받을 수 있을 것인가! 시합 시작합니다!

시작 신호가 떨어지자마자 매드 맨들이 내게 달려들었다.
개개인의 능력으로 보자면 매드 맨보다는 나이트 뉴클리어가 더 상대하기 까다로웠다.
매드 맨은 빠른 스피드와 괴력의 힘을 자랑한다.
하지만 스피드와 힘 모두 뉴클리어에게 밀린다.
그들의 강점은 그저 고통을 느끼지 못한다는 것뿐.
매드 맨은 내게 아무것도 아니다.
가장 선두에서 달려드는 매드 맨에게 우선 크게 한 방 먹여주었다.
"낭아권!"
뻐억!

내 주먹이 매드 맨의 얼굴을 강타했다.

녀석의 코가 부러지고 이가 튀어나왔다. 광대뼈가 함몰되면서 쌍코피가 터졌다.

매드 맨은 붉은 피를 흩뿌리며 뒤로 날아가 다른 녀석에게 부딪혀 바닥을 굴렀다.

하지만 이내 벌떡 일어나 다시 무리에 합류해서 달려들었다.

난 뒤로 빠르게 물러나며 물의 정령 운디네를 소환했다.

"운디네!"

그러자 경기장에 파란색의 반투명한 인어가 모습을 드러냈다.

그 광경에 귀족들이 놀라 탄성을 흘렸다.

운디네는 본래 처음 계약하면 손바닥만 한 요정의 형태를 하고 있다.

지금 보이는 운디네는 최종 진화를 마친 상태다.

한마디로 강력한 정령 마법을 구사할 수 있다는 얘기다.

정령과 정령술사 사이에는 굳이 오가는 말이 필요 없다.

둘은 정신으로 이어져 있다.

때문에 정령술사가 원하는 것을 정령은 파악하고 그대로 행한다.

난 운디네가 매드 맨들을 시원하게 쓸어버리길 원했다.

운디네는 두 손을 앞으로 뻗었다.

그녀의 손에서 갑자기 거대한 파도가 일어 내게 달려오던 매드 맨들을 휩쓸었다.

매드 맨들은 갑자기 나타난 파도에 잡아먹혀 우르르 밀려났다.

파도는 매드 맨들을 경기장 끝까지 밀어버린 뒤 거짓말처럼 사라졌다.

그에 사회자가 유례없이 흥분한 음성으로 중계를 했다.

—놀라운 광경입니다! 저 거대한 인어는 어디서 나타난 걸까요? 그리고 갑자기 매드 맨들을 휩쓴 파도는 어떻게 설명해야 하는 겁니까! 지금 이 콜로세움에 위대한 장면이 펼쳐지고 있습니다!

우와아아아아아아아!

귀족들은 열광했다.

하지만 난 녀석들 좋으라고 이런 짓을 하는 게 아니다.

내 목적은 오로지 하나!

매드 맨들을 최대한 빨리 처리하는 것!

난 한 손을 쓰러진 매드 맨들에게 뻗었다.

매드 맨들은 파도가 사라지자 벌떡벌떡 일어나기 시작했다.

하나 그들이 내게 달려오기 전, 이미 내 마법이 시전되었다.

"썬더!"

뉴클리어에게 시전했던 뇌 속성 상급 마법이었다.

번쩍!

콰르르르르릉!

매드 맨들은 물에 흠뻑 젖은 채, 번개 다발을 얻어맞았다.

콰르릉! 콰르르릉! 쾅쾅쾅쾅쾅!

번개 다발이 정신없이 쏟아지며 콜로세움을 뒤흔들었다.

나는 수십 발의 번개 다발을 내리꽂은 뒤, 마법을 멈췄다.

백 명의 매드 맨 중 반 이상이 전투 불능이 되었다.

나머지 녀석들은 찰나의 순간 번개를 피해 달아난 뒤, 다시 나를 향해 달려들었다.

"스톰!"

이번엔 그들에게 풍 속성 상급 마법을 시전했다.

내 입에서 시전어가 흘러나온 즉시, 날카로운 바람의 칼날 수십 개가 나타났다.

그것들은 내 의지에 따라 날아가 매드 맨들의 몸을 난도질했다.

서걱! 서걱! 서걱!

매드 맨들의 몸은 바람의 칼날에 속수무책으로 잘려 나갔다.

눈에 보이지도 않는 공격으로 방어 한 번 제대로 하지 못하고서 스물이나 되는 매드 맨이 죽음을 맞았다.

남은 매드 맨은 서른 남짓!

그들과 나 사이의 거리는 지척에 달해 있었다.

"육탄전 한번 벌여봐?!"

난 달려드는 매드 맨들에게 마구잡이로 주먹을 휘둘렀다.

커즐의 음속 이동 능력은 내가 매드 맨들의 공격을 모조리 피하는 한편 효과적으로 주먹을 박아 넣게끔 해주었다.

퍼퍼퍼퍼퍽!

내 주먹에 얻어맞은 매드 맨들은 하나같이 뒤로 시원하게 날아가 처박혔다.

개중 서넛은 머리가 터져 그 자리에서 즉사했다.

사지가 부러지거나 내장을 다치거나 한 매드 맨들은 다시 덤벼들었다.

하지만 그때마다 여전히 얻어터지는 건 매드 맨이었다.

"중력 제어!"

난 매드 맨들의 중력을 제어했다.

중력의 힘이 강해지자 매드 맨들의 움직임이 둔해졌다.

거북이처럼 느릿느릿 움직이는 녀석들의 사이를 파고들어 포이즌의 능력을 사용, 말아 쥔 두 주먹에 극독을 담아 휘둘렀다.

퍼퍼퍼퍼퍽!

주먹에 맞은 매드 맨들은 단숨에 중독되어 픽픽 쓰러졌다.

코끼리도 단 한 방울로 사경을 헤매게 만드는 독이다.

매드 맨들은 고통을 느끼지 못하는 것뿐, 독에 면역이 있는 건 아니다.

중독된 놈들의 얼굴은 하나같이 검게 변했다.

이제 남은 매드 맨은 셋이 고작이었다.

난 중력 제어를 풀었다.

움직임이 가벼워진 매드 맨들은 다시 내게 달려들었다.

그중 한 놈은 특이하게도 검을 들고 있었다.

쉬익!

검을 든 매드 맨이 빠르게 달려와 검을 횡으로 그었다.

턱.

하지만 난 가볍게 검날을 손으로 잡았다.

그리고 힘껏 당겼다.

매드 맨이 내 힘을 이기지 못하고 검을 놓쳤다.

휘릭. 탁.

검날을 잡고 가볍게 던져, 반 바퀴 돌려 검 손잡이를 쥐었다.

난 검에 검기를 실었다.

검기는 제서스의 능력이다.

들고 있는 검의 날에 보랏빛의 기운이 어렸다.

이것이 바로 검기였다.

아무리 강한 광석도 두부처럼 잘라 버리는 위대한 기술!

검기가 실린 검도 들었겠다, 뭔가 화려한 모습을 보여주고 싶은데, 유감스럽게도 내가 얻은 능력 중 검술에 관한 건 없었다.

검기를 다룰 줄 아는데 검술을 모른다니, 이건 완전히 코미디였다.

하지만 검술을 모르면 어떤가.

그저 빠르고 정확하게 휘둘러 매드 맨들을 썰어버리면 끝이다.

난 내게 덤비는 세 명의 매드 맨에게 검을 휘둘렀다.

서걱!

선두에 있던 녀석은 몸이 세로로 두 동강이 나 쓰러졌다.

서걱!

그 뒤를 따르던 녀석은 목이 잘렸다.

서걱!

내게 검을 빼앗긴 녀석은 허리가 잘려 뒤로 넘어갔다.

그렇게 모든 매드 맨을 순식간에 정리했다.

장내에 한참 동안 적막이 감돌았다.

그 적막을 깬 건 사회자의 멘트였다.

―스, 승리! 나이트 어벤저의 승리입니다! 귀족 심사를 통과했

습니다! 나이트 어벤저는 귀족의 작위를 갖게 되었습니다! 그는 더 이상 나이트가 아닙니다! '귀족' 어벤저입니다! 새로운 귀족의 탄생을 축하해 주십시오!

사회자의 말이 끝나자 귀족들은 다시 원래의 분위기로 돌아와 늘 그렇듯 내게 열광했다.

*   *   *

경기장을 나오니 설열음이 복도에서 날 기다리고 있었다.
그녀는 내 앞을 막고 서서 한참 동안 말없이 기이한 표정만 지어보였다.
"왜 이래?"
참다못한 내가 묻자 그제야 그녀의 입이 열렸다.
"너 사람이긴 한 거지?"
"그럼 귀신일까?"
"시합에서 보여주었던 그것들… 다 뭐야?"
"그냥 내가 초능력이 좀 많아."
"그런 초능력은 듣도 보도 못했는데."
"나도 얼마 전까지는 다운 타운이라는 거 듣도 보도 못했거든."

네가 알고 있는 세상이 전부가 아니라는 말을 좀 돌려서 했다. 무슨 의미인지 충분히 알아들었겠지.

설열음이 길을 터주었다.

난 대기실을 향해 다시 걸음을 옮겼다.

그런 내 뒤를 설열음이 따라왔다.

"내가 생각했던 것보다 훨씬 강해, 너."

"이번에도 내 실력을 다 보여준 건 아니야."

"정체가 뭐야?"

"성인이 된 지 얼마 안 된 평범한 인간."

"평범이라는 단어는 너와 가장 거리가 먼 단어야."

"무슨 말이 듣고 싶은데?"

"그런 건 없어. 다만 믿기지 않을 뿐."

"됐고. 아무튼 이제부터 난 귀족인 거지?"

"응."

설열음이 내 손을 잡아 휙 당겼다.

난 앞으로 걷다 말고 빙글 돌아 그녀를 바라보게 되었다.

"뭐하자고?"

퉁명스레 물으니 그녀는 노란색 서류 봉투를 내밀었다.

"그 안에 한국 돈으로 환전한 파이트 머니와 제2구역으로 연결되는 포털이 들어 있어."

"아, 고마워. 잘 쓰지."

"귀족이 된 걸 축하해."

아무래도 이번엔 정말 축하하는 것 같네.

"알았다. 이제 집으로 돌아가도 되는 거지? 받을 거 다 받았는데 굳이 대기실로 다시 갈 필요 없는 거잖아?"

"바로 돌아가려고?"

"아니, 2구역에 들렀다가 갈 거야."

"그래, 잘 생각했어."

난 설열음에게 손을 내밀었다.

그러자 그녀가 내 손을 마주 잡았다.

"아니, 악수 말고."

"그럼?"

"달봉이 줘야지."

"…2구역 구경하고 올 때까지만 데리고 있고 싶은데."

난 카시아스를 바라봤다.

녀석이 미세하게 고개를 끄덕였다.

[같이 가는 게 낫지 않겠어?]

[괜찮다. 혼자 가.]

[안 궁금해?]

[네가 지금 날 데려가 버리면 설열음이 표독스러운 시선으로 너만 감시할지도 몰라. 그녀가 머무는 곳엔 2구역 전역을 감시하는 모니터가 가득하다. 그리고 설열음의 진짜 정체가 뭔지 궁금해졌어.]

[그냥 다운 타운에서 일하는 정신 나간 여자지, 뭐.]

[아니야. 다른 뭔가가 있어.]

[흠… 그래. 그럼 혼자 가지 뭐.]

설열음은 나와 카시아스가 텔레파시를 나누는 동안 간절함이 담긴 시선을 내게 보냈다.

난 마지못해 수긍하는 듯 고개를 끄덕였다.

"알았다."

"정말?"

"그래."

내 대답에 설열음이 갑자기 날 와락 끌어안았다.

"왜 이래!"

내가 기겁하며 그녀를 밀어내니, 그녀가 옅은 미소를 머금은 채 말했다.

"역시 넌 좋은 녀석이었어."

"그만 좀 해라. 고양이 조금 빌려준 것 가지고."

"아니. 이 고양이… 보통 고양이가 아니야."

그리 말하며 설열음이 카시아스를 묘한 시선으로 바라보았다.

뭐지?

카시아스의 정체가 들킨 건가?

내가 그런 생각을 하고 있을 때 설열음이 말을 이었다.

"내가 전에 키웠던 고양이랑 정말 많이 닮았어."

얼씨구?

갑자기 힘이 쫙 빠진다.

설열음은 예전에 고양이를 키운 적이 있다고 했었다.

그리고 그 고양이 이름이 달봉이었다.

그래서 카시아스의 이름도 달봉이라고 지어준 것이다.

아무튼 뭘 눈치챈 건 아니라서 다행이다.

"달봉이랑 즐거운 시간 보내라. 난 2구역으로 갈 테니."

"그래. 잘 갔다 와. 이왕이면 2구역에서 살인도 하고, 강간도 하고, 강도 짓도 좀 하면서 느긋하게 놀다 와. 그만큼 난 달봉이랑 같이 있을 시간이 늘어나는 거니까."

…그게 할 소리냐.

설열음과 말을 섞다 보면 나까지 이상한 사람이 될 것 같은 기분이 든다.

"아무튼 나 간다."

난 서류 봉투에서 새로운 포털을 꺼냈다.

생김새는 기존의 포털과 똑같았다.

다만 색이 달랐다.

2구역으로 통하는 포털은 황금색이었다.

난 포털을 작동시킨 뒤, 차원의 문을 열었다.

근데 차원의 문을 열자마자 발을 들이기가 싫어졌다.

"저기 설열음."

"응?"

"속 뒤집어지지 않는 포털은 없냐?"

"그런 거 없어. 최대한 빨리 익숙해지는 게 방법이야."

"바라지도 않았다."

난 숨을 크게 들이마시고 차원의 문 안으로 들어갔다.

그리고 또 한 번 속이 뒤집어지는 경험을 하고 말았다.

Chapter 9
제2구역

Chapter 6

　울렁거리는 속을 달래가며 차원의 문을 통해 2구역에 들어
섰다.

　"끄으으."

　나는 뱃가죽을 움켜쥐고 주변을 둘러보았다.

　내가 있는 곳은 도시의 광장 같은 장소였다.

　그렇게 화려하지도, 그렇다고 소소하지도 않은 광장엔 요
란한 복장의 사람들이 오가고 있었다.

　광장의 중앙엔 넓은 호수가 자리했고, 바닥엔 잔디가 깔려
있었다.

　잔디가 없는 곳은 사람이 다니는 길이었다.

광장의 곳곳에는 쉬어 갈 수 있는 벤치가 마련되어 있었다.

광장에서 조금 떨어진 곳에 건물들이 응집해 있는 게 보였다.

그곳이 주택가인 모양이다.

나는 주택가를 향해 걸음을 옮겼다.

그 길지 않은 길을 걷는 동안 별의별 사람과 사건을 다 만났다.

제2구역은 무법 지대이며, 사람의 욕망만이 분출되는 곳이라고 설열음은 말했다.

그 말이 딱 맞았다.

발가벗고 다니는 이들을 보는 건 예삿일도 아니었다.

길거리 한복판에서 낯뜨거운 정사를 벌이는 남녀가 수두룩했다.

그 많은 이들 중 한 남성은 여인과 몸을 섞는 와중 갑자기 나타난 괴한에게 칼을 맞아 쓰러졌다.

그리고 괴한은 짝을 잃은 여인을 강간했다.

여인은 처음에는 괴로워했으나 나중에는 그것을 즐겼다.

이후, 괴한이 극도의 쾌락을 맛본 후, 여인은 괴한의 손에 들린 칼을 빼앗아 괴한의 목을 그어버렸다.

그리고 칼에 묻은 괴한의 피를 희희낙락하며 핥았다.

정말 온전한 정신으로 있기가 힘든 도시였다.

주택가에 도착했다.

이곳에 지어진 집들은 그리 크지 않았다.

잘 쳐줘야 열다섯 평 남짓.

그런 집들이 빼곡하게 붙어 열을 지어 있었다.

주인이 있는 집에는 문패가 걸려 있었고, 주인이 없는 집에는 문패가 없었다.

아직 팔리지 않은 집인 것이다.

주택가에 존재하는 주택은 대략 삼백여 채 정도 되어 보였다.

그중 이백여 채 정도가 팔려 나갔다.

남은 주택은 백 채도 안 된다.

그러니 귀족들이 콜로세움에서 어떻게든 돈을 따기 위해 혈안이 되는 것이다.

'제2구역은 광장과 주택가로 나뉘어 있어.'

그 외에 다른 특별한 점은 찾을 수가 없었다.

당연한 얘기지만 1구역으로 통하는 입구 같은 것도 존재치 않았다.

기껏 역한 멀미를 참으며 왔건만 이렇다 할 수확이 하나도 없었다.

'어쩔 수 없이 다음을 기약해야 하나?'

그런 생각을 하던 와중 누군가가 내게 다가왔다.

얼굴이 새하얀 중년의 백인이었다.

그는 입꼬리를 쫙 찢은 듯한 미소를 짓고 있었다.

차림새는 꼭 중세 시대의 귀족을 보는 듯했다.

터벅터벅 내 앞까지 걸어온 그가 말했다.

"내가 지금 무엇을 생각하고 있는지 아나?"

"글쎄."

새하얀 백인이 고개를 모로 꺾었다.

그는 내 전신을 빠르게 훑고 다시 말했다.

"널 죽일까 말까 고민하는 중이야. 왜 고민하는 걸까? 왜 그러는 걸까?"

"글쎄."

난 계속 같은 대답만 내놓았다.

만약 지상에서 이런 일을 겪었다면 그냥 무시해 버렸을 것이다.

누가 봐도 이 사람은 정상인의 범주에서 벗어난, 미치광이나 다름없었으니까.

하지만 제2구역은 다르다.

여기에 있는 모든 이들은 미쳐 있다.

바보들의 세상에선 정상인 사람이 바보 취급을 당한다.

지금의 내가 딱 그렇다.

"그러지 말고 고민해 봐, 응? 재미있잖아. 내가 널 죽이고 싶다고 말했잖아. 그런데 반응이 왜 그렇게 미적지근해? 더 죽이고 싶어지잖아."

너무 어처구니가 없어서 화도 나지 않는다.

저걸 지금 말이라고 하는 건가?

난 새하얀 백인에게 이렇게 말했다.

"나도 슬슬 널 죽이고 싶어지니까 더 이상 화 돋우지 않는 게 어때?"

그러자 새하얀 백인이 턱을 쩍 벌리고 과장된 포즈로 웃어 젖혔다.

"아하하하하하하하하! 아하하하! 아하! 아하하하하하하하!"

고개를 뒤로 잔뜩 꺾고 한참 동안 웃던 백인이 갑자기 웃음을 딱 그쳤다.

"죽이고 싶어? 나를? 왜? 나의 어떤 말이 널 화나게 했지? 아니면 내 태도 때문인가? 그것도 아니면 외모가 맘에 안 들어서? 내가 백인이라서? 인종차별자인가?"

그 질문에 대한 답은 확실하게 해줄 수 있다.

"네가 먼저 날 죽이고 싶다고 했으니까."

"아하! 그런가? 눈에는 눈, 이에는 이. 그렇지. 그럴 수 있지. 근데 네가 날 죽일 수 있을까? 응? 난 내가 널 죽일 수 있을 것 같은데? 아, 그전에 내가 널 왜 죽이고 싶어 했는지에 대해서 들어봐. 아주 간단한 이유야. 딱 봐도 네가 이곳을 처음 방문한 촌뜨기 같거든! 그래서 죽이고 싶었어!"

그게 어떻게 죽이고 싶은 이유가 되는 걸까.

이 녀석은 그저 내게 시비를 걸고 싶었던 게 아닐까.

이런 생각을 하는 것조차도 시간 낭비인 것 같다.

"귀찮으니까 그만하고 네 갈 길 가라."

"아니, 아니. 그럴 순 없지. 나는 널 죽이고 싶고, 너도 날 죽이고 싶어 하잖아? 그러니까 우리 둘 중 한 명이 죽기 전까지는 누구도 움직일 수 없어."

난 새하얀 백인을 사납게 쏘아봤다.

"그럼 네가 죽으면 되겠네."

"그래? 어떻게 죽일 건데? 한번 해봐! 응? 해보라고!"

녀석이 두 손으로 상의를 잡고 확 당겼다.

그러자 단추가 두두둑 틀어지며 털이 덥수룩한 맨가슴이 드러났다.

"여기를 칼로 찌를 건가? 하지만 칼은 갖고 있지 않은 것 같은데?"

"칼은 없지만 널 죽이는 건 얼마든지 가능하지."

턱.

새하얀 백인의 목을 움켜쥐었다.

그러자 새하얀 백인이 칼로 내 손목을 내려쳤다.

캉!

하지만 칼날은 내 피부에 흠집도 내지 못했다.

새하얀 백인의 얼굴에 광기 어린 미소가 걸렸다.

"크으… 켁! 크흐흐! 재미있… 어……!"

녀석은 숨이 턱턱 막히는 와중에도 웃음을 흘렸다.

광인이다.

정상이라고 할 수 없다.

죽여야 한다, 이런 녀석은.

꾸우욱!

새하얀 백인의 목을 쥔 손에 더 힘이 들어갔다.

"끄르르르……."

새하얀 백인의 얼굴이 더욱 창백해졌다.

이제 조금만 더 힘을 주면 놈의 목이 부러질 참이었다.

그런데.

턱.

누군가 내 어깨에 손을 얹었다.

순간 정신이 번쩍 들었고, 난 새하얀 백인을 놓아주었다.

새하얀 백인은 땅에 털썩 쓰러져 목을 잡고 켁켁댔다.

하나, 그 와중에도 미소는 사라지지 않았다.

그제야 난 내 정신을 되찾아준 이를 바라보았다.

그는 거대한 덩치의 털보였다.

그 역시도 백인이었다.

걸치고 있는 옷은 다른 인간들에 비해 그나마 수수한 편이
었다.

청바지에 운동화, 그리고 위에는 맨살에 슈트 하나만 걸치
고 있었다.

털보가 고개를 천천히 저었다.

그의 입에서 걸쭉한 음성이 흘러나왔다.

"타인의 광기에 물들어 이성을 잃지 말게."

…그랬다.

난 딱히 저 새하얀 백인을 죽일 이유가 없었다.

평소의 나라면 절대 이런 자리에서 사람을 죽이겠다는 마음은 먹지 않았을 것이다.

콜로세움에서야 어쩔 수 없었지만…….

아니, 정말 어쩔 수 없었었나?

그때부터 나는 계속 타인의 광기에 물들어가고 있었던 게 아닌가?

갑자기 모든 것이 혼란스러워졌다.

털보의 시선이 새하얀 백인에게 향했다.

"조커!"

새하얀 백인을 털보는 조커라고 불렀다.

조커가 겨우 정신을 차리고서 털보를 바라보았다.

"또 쓸데없이 나서는군, 킹."

킹.

이 사람의 이름이 킹인가 보다.

"그렇게 죽고 싶다면 네 손에 든 칼로 네 심장을 찔러라! 남에게 살인의 무게를 덮어씌우려 하지 마라!"

킹이 호통치자 조커는 키들거리며 웃었다.

"크크큭! 내가 왜? 뭣 때문에 스스로 목숨을 끊어야 하지? 아, 물론 죽고 싶은 건 맞아. 그 망할 콜로세움에서 모든 재산을 탕진했고, 제2구역에 집을 사겠다는 꿈 같은 건 잡을 수 없는 망상이 되어버렸지. 난 다 잃었어. 전부 잃어버렸단 말이야? 그런데 내 손으로 내 목숨까지 끊으라고? 아하하하하하! 이봐, 킹! 남의 일이라고 너무 쉽게 얘기하는 거 아니야?"

그랬군.

조커는 애초부터 날 죽일 생각이 아니었다.

자기를 죽여주길 바라고 시비를 걸었던 것이다.

킹은 조커의 멱을 잡아 위로 확 들어 올렸다.

그리고 자신의 얼굴을 조커의 얼굴에 바짝 들이댔다.

"조커, 넌 크게 착각하고 있어. 진정 타인의 손에 죽으면 좋을 것 같나? 그건 타인이 네 생명을 빼앗는 짓이야. 넌 여태껏 모든 것을 빼앗겼다 생각하고 살아왔지. 그런데 남은 네 목숨마저도 타인에게 빼앗기겠다는 건가? 어리석기 그지없군."

킹이 조커를 바닥에 내던졌다.

털썩.

아무렇게나 널브러진 조커가 다시 일어날 생각도 않고 웃었다.

"크크크큭. 어리석다? 그래 맞아. 그럴지도 모르지. 하지만 말이야, 킹. 세상 모든 이가 전부 어리석어. 신 아래 존재하는 인간들은 전부 똑같단 말이야. 어차피 도토리 키 재기야. 거기서 거기라고. 내게 그럴듯한 논리를 들이대서 억압하려 하지 마. 네가 뭐라 해도 난……."

조커가 바닥에 떨어진 칼을 주워 들고 천천히 일어났다.

그의 손에 들린 칼이 아름다운 선을 그렸다.

이윽고 훤히 드러난 조커의 가슴에 붉은 선혈이 생겨났다.

횡으로 엷게 벌어진 상처 속에서 붉은 선혈은 쉼 없이 흘러내렸다.

마치 그의 가슴이 한 편의 화폭이 된 것만 같았다.

왜 그렇게 보이는지 모를 일이다.

그것은 상식적으로 이해할 수 없는 광기의 표출이었다.

한데 난 그것을 받아들였고, 심지어 그것이 아름답기까지 했다.

조커는 엄지로 피를 찍어 살짝 핥았다.

그의 입가에 피처럼 비린 미소가 어렸다.

"절대 변하지 않아."

마지막 한 마디를 킹에게 던진 조커가 뒤돌아 떠났다.

멀어지는 그의 뒷모습을 하염없이 바라보는 내게 킹은 말했다.

"광기에 물들어 이성을 잃는 것보다 더 무서운 건, 광기를 동경하게 되는 것이네."

또다시 킹은 나를 현실로 끌어내 주었다.

"광기를… 동경한다고? 내가?"

오늘 처음 본 사람이다.

그리고 나를 도와줬던 사람이다.

게다가 나보다 훨씬 연륜이 많아 보이는 사람이다.

그런데도 나는 킹에게 아무렇지 않게 반말을 하고 있었다.

더 이상한 건, 이런 내 모습에 그 어떤 거부감도 들지 않는다는 것이다.

킹도 딱히 그것을 가지고 뭐라 하지 않았다.

다만, 내 물음에 답해줄 뿐이었다.

"그래. 자네는 이미 조커의 광기를 동경하고 있네."

"그럴 리가."

"너무 올바르게만 살아온 사람들의 특징이지. 그들은 사실 가슴속 한켠에 일탈을 품고 있다네. 자네 역시 그렇겠지. 그러한 욕망을 차츰차츰 알아간다면 스스로에게 아주 좋은 변화를 가져오지만, 지금처럼 극에 치달은 광기를 마주하게 되면, 정신없이 빨려 들어가 버리지. 그 결과는… 사람을 극단으로 밀어 넣게 된다네."

반박할 수가 없었다.

머릿속에서는 킹에게 반박하고 싶은 대사들이 소용돌이처럼 맴돌고 있었다.

하지만 정작 입 밖으로 튀어나오지는 않았다.

"왜 그런 줄 아나?"

"······."

이제 조커의 모습은 너무 멀어져 작은 점처럼 보였다.

그리고 그가 어느 골목 속으로 사라져 버리는 순간.

"극에 치달은 광기는 순수하니까."

킹의 한마디가 내 뒤통수를 강하게 후려쳤다.

내 시선이 절로 킹에게 향했다.

"순수하다는 것이 무얼까. 티 하나 없이 맑고 깨끗한 것이 겠지. 그렇다면 그것은 선(善)이라는 말로 정의된 것들에만 적용할 수 있는 단어일까? 아니지. 조커의 광기도 티 하나 없이 맑고 깨끗하다네. 순수한 광기지. 사람은 순수한 것에 끌리게 마련이네. 심지어 일탈을 가슴에 품고 살았던 자네는 그 순수한 광기에 더더욱 끌리겠지."

"······."

대체 뭘까.

여기에 살고 있는 이 사람들은 어떻게 된 이들일까.

내가 2구역에 온 지 하루가 지난 것도, 반나절이 흐른 것도 아니다.

이 작은 도시에서 고작 한 시간 남짓 거닐었을 뿐이다.

그런데 며칠은 여기에 머물렀던 것 같은 기분이 든다.

짧은 시간 동안 너무 많은 것을 보고 듣고 느껴서, 시간이라는 것이 무의미해졌다.

이곳에 사는 인간들은 그저 자신의 욕망에 충실한 동물 같은 이들이라고 생각했다.

하지만 동물이 어때서?

오히려 인간보다 순수한 것이 동물들이다.

스스로의 욕망을 욕망하며 거짓말을 하지 않는다.

모든 것을 있는 그대로 보여준다.

그게 동물이다.

인간은 다르다.

하루에도 수십, 수백 번씩 거짓을 말하고 자신을 속이며 가식 속에 살아간다.

그러나 여기에선 그 모든 것들이 사라진다.

거짓과 가식을 벗어던져 버린 순수함의 결정체들이 모여 있다.

조커도 그렇고, 킹도 그랬다.

지나가며 마주친 모든 이들이 그러했다.

무법 지대.

그것은 순수의 지대와 다르지 않았다.

혼란스러웠다.

내가 왜 2구역에 왔는지도 잊어버릴 만큼 어지러웠다.

툭.

킹의 크고 투박한 손이 다시 내 어깨에 얹혀졌다.

"혼란스러워 말게."

킹은 내 속내를 전부 꿰뚫어 본 듯 말했다.

"자네는 그저 이런 세상도 있구나 하는 것을 알고 받아들이면 그뿐이야. 굳이 자네가 이 세상에 물들 필요도, 그럴 이유도 없네. 자네가 혼란스러워하는 건, 지금까지 생각해 왔던 스스로의 가치관이 무너졌기 때문이겠지. 하지만 말일세, 내가 겪는 세상이 내 가치관과 상반된다고 혼란스러울 까닭이 없어. 그럴 수도 있지. 그렇게 생각하고 받아들이면, 그뿐이야."

"하지만……."

"자네는 새로 전학 간 학교에서 만난 친구들이 그전 학교에서 알고 지내던 친구들과 다르다고 해서, 혼란스러워할 텐가? 혹은 그들을 전에 알던 친구들과 같은 모습으로 바꿔놓으려 할 텐가? 아니면 자네도 그들처럼 바뀌려 할 텐가?"

"아……."

"바뀌는 건 아무것도 없네. 서로가 서로를 인정함으로써 친목을 다지게 되는 것뿐. 자네가 이 세상을 바꾸지 않아도, 자네가 이 세상에 맞게 바뀌지 않아도, 문제 될 건 아무것도 없네. 자네는 그저 여기에 온 스스로의 목적을 실천하고 가면 된다네."

킹은 내 어깨에서 손을 뗐다.

그리고 점점 멀어져 갔다.

조커도 킹도 사라지고 난 다시 이 이상한 세상에 혼자 남겨졌다.

마음이 한결 가볍고 편해졌다.

더 이상 혼란스럽지도 어지럽지도 않았다.

길게 느껴졌던 짧은 시간 동안 기이한 꿈을 꾼 듯한 기분이었다.

*　　　*　　　*

내가 여기에 온 것은 제1구역으로 잠입할 방법을 찾기 위해서다.

그것을 다시 상기시켰다.

조커와 킹을 만나기 전까지는 그냥 돌아가려 했지만, 지금은 조금 더 조사해 보기로 마음을 바꿔먹었다.

여전히 내 주변의 사람들은 스스로의 욕망을 욕망하기에 바빴다.

남녀노소 할 것 없이 모두가 똑같았다.

동물의 왕국이 따로 없었다.

난 2구역의 구석구석을 헤집고 다녔다.

그다지 크지 않은 도시는 조금만 걸어도 끝이 드러났다.

이미 한번 확인했던 터지만, 이곳에 1구역으로 갈 수 있는 입구는 어디에도 없었다.

주택가를 빠져나와 다시 광장으로 향했다.

나는 분수대 근처 벤치에 앉아 잠시 휴식을 취하기로 했다.

광장의 한켠에는 커다란 레스토랑이 있었다.

중식, 한식, 일식, 양식, 그리고 그 외 다른 세계 모든 요리들을 파는 곳이었다.

나는 갑자기 허기가 느껴져 식당에 들렀다.

식당 내부는 제법 고풍스러운 분위기로 꾸며져 있었다.

가운데에 넓은 홀이 존재하고, 그 주변으로 3층까지 이어진 테라스가 있었다.

홀과 각 층의 테라스마다 적당한 간격을 두고 테이블이 놓여 있었다.

테이블의 반 이상은 식사를 하는 손님들로 채워졌다.

난 빈 테이블 아무 곳에나 앉았다.

곧 턱시도를 입은 종업원이 다가와 물었다.

"무엇을 드시고 싶으신가요?"

"무엇이든 있습니까?"

내가 물었다.

종업원이 만들어진 미소를 머금고 고개를 끄덕였다.

"아무렴요."

왜인지는 모르겠지만 갑자기 일식 요리가 먹고 싶어졌다.

"돈코츠 라멘 가능합니까?"

"아무렴요. 그걸로 드리겠습니다."

"아, 가격은 어떻게 하죠?"

주문을 받고 돌아서려던 종업원이 다시 내게 만들어진 미소를 보였다.

"제가 결례를 범했네요. 처음 오신 손님이라는 걸 알았는데도 가장 기본적인 것을 알려드리지 못했으니. 손님, 우리 레스토랑의 모든 음식과 술, 음료는 무료입니다."

종업원은 다시 뒤돌아 리드미컬한 걸음으로 사라졌다.

"무료라고?"

이렇게 큰 레스토랑을 무료로 운영하다니.

하긴… 다운 타운이 콜로세움에서 벌어들이는 어마어마한 수입을 생각하면 이 정도 서비스는 아무것도 아니겠지.

난 음식을 기다리며 주변을 둘러보았다.

여러 사람이 함께 앉은 테이블도, 둘이서 단란하게 자리한 테이블도, 나처럼 혼자 온 사람이 고독을 씹고 있는 테이블도 있었다.

이리저리 시선을 돌리다 붉은 드레스를 차려 입은 매혹적인 여인과 눈이 마주쳤다.

여인도 나처럼 혼자였다.

난 시선을 피하려 했는데, 여인이 뜻 모를 미소를 짓더니 자리에서 일어나 내게 다가왔다.

그러고는 물었다.

"같이 앉아도 될까요?"

딱히 거절할 이유는 없었다.

"네."

내 허락이 떨어지자 여인은 교태가 넘치는, 그러나 우아한 몸짓으로 의자에 엉덩이를 붙였다.

여인의 입술은 그녀가 걸친 드레스만큼 붉었다.

그녀는 테이블에 깍지 낀 손을 테이블에 올려, 그 위에 턱을 괴고 날 바라보았다.

애교살이 도톰한 눈이 보기 좋은 곡선을 그렸다.

"클리아예요."

"네?"

"제 이름."

"아, 저는……."

본명을 말해야 하나?

아니면 여기서 사용하는 닉네임?

잠시 고민한 뒤, 입을 열었다.

"어벤저라고 해요."

"어벤저… 많은 무게감이 느껴지는 이름이네요."

"그렇게 무겁진 않아요."

"무슨 음식을 주문했죠?"

"돈코츠 라멘이요."

"일본 요리네요. 저도 즐겨 먹어요."

난 여인의 외모를 다시 살폈다.

붉은 머리카락, 붉은 눈동자, 커다란 눈과 오뚝한 코. 작고 도톰한 입술, 하얀 피부.

전체적으로 보면 동양인 같기도, 서양인 같기도 했다.

어느 한쪽이라고 확실히 정의 내리기 어려운 외모였다.

이 여자는 왜 갑자기 내게 온 걸까.

무슨 대화를 나누고 싶었던 걸까?

아니면 단순히 호감 때문이었을까?

내가 생각의 홍수에 빠져 있을 때 클리아의 입이 열렸다.

"저한테는 안 물어보세요?"

"네?"

"무슨 음식 주문했는지."

"아, 무슨 음식을 주문했죠?"

클리아가 고혹적인 미소를 베어 물었다.

그리고 나른한 음성으로 속삭이듯 말했다.

"돈코츠 라멘."

나랑 같은 메뉴다.

우연인가?

"정말인가요?"

내가 질문했을 때, 좀 전의 종업원이 돈코츠 라멘 두 그릇과 초생강, 락교를 가지고 왔다.

그가 정성 어린 동작으로 가지고 온 음식들 테이블 위에 내려놓았다.

"즐거운 시간 되시기를."

종업원이 떠나자 클리아는 고개를 살짝 꺾으며 얘기했다.

"맞죠?"

"그러네요."

"처음이죠? 여기."

"네."

"드셔보세요. 맛있을 거예요."

클리아의 권유에 수저를 들고 라멘을 먹었다.

우선 국물을 한 숟갈 떠먹었다.

맛있었다.

면을 맛보았다.

역시 맛있었다.

인스턴트 라멘이 아니었다.

리조네의 절대미각은 이 돈코츠 라멘이 정성 들여 끓인 사골 육수에 수타면으로 만든 것임을 바로 알게 해주었다.

"맛있네요."

"그렇죠?"

"네. 이렇게 제대로 된 라멘을 만들려면 시간과 정성이 많이 필요할 텐데, 이 레스토랑의 다른 음식들도 기대가 되네요."

내 말에 클리아가 진정 행복한 미소를 지어 보였다.

"고마워요."

"네?"

무슨 소리인가 싶었다.

느닷없이 뭐가 고맙다는 거지?

그러고 보니 그녀는 앞에 놓인 라멘에 손도 대지 않고 있었다.

순간 나는 그녀가 누구인지 파악할 수 있었다.

"이제 알았네요."

"무엇을 말이죠?"

"당신이 이곳의 지배인이군요."

클리아가 부드럽게 고개를 끄덕였다.

"네, 맞아요."

"그럼 당신도 귀족인가요?"

"네, 당신처럼."

"이곳은… 언제부터 관리한 거죠?"

"이제 3년이 되어가네요. 하지만 모르죠. 내일이라도 당장 이곳의 지배인은 바뀔 수 있어요."

"그게 무슨……."

"제가 관리하는 이 레스토랑의 이름은 스테이크(Stake)예요."

"네, 들어오면서 봤어요."

"뜻은 아나요?"

"영어에 그리 능통한 편이 아니라… 제가 알고 있는 스테이크(Steak)와는 철자가 다르다고 생각했어요. 언어유희 같은 느낌이 들었죠."

"맞아요. 언어유희예요. 스테이크(Stake)의 뜻은 '지분' 혹은 '돈을 걸다' 등이 있죠. 이 레스토랑을 탐내는 모든 귀족이 열심히 여기에 투자를 하고 있어요. 투자금이 많을수록 귀족에게 돌아가는 지분도 높아지죠. 그리고 가장 많은 지분을 가진 귀족이 레스토랑의 지배인이 돼요. 지금은 그게 나일 뿐인 거죠. 누군가 당장에라도 나보다 많은 투자금을 내놓게 된다면 그가 지배인이 되겠죠."

"그렇군요."

이 레스토랑의 이름에 그런 뜻이 담겨 있는 줄은 몰랐다.

난 다시 라멘을 맛보며 클리아에게 물었다.

"한데… 왜 저와 합석을 한 거죠?"

"제 취미예요."

"네?"

"레스토랑 테이블에 홀로 앉아 시간을 보내다가 처음 온 것 같은 귀족이 보이면 이렇게 합석을 하죠. 그리고 짧은 대화를 나눠요. 그러면 그 사람의 성향이 얕게나마 보이죠."

"제 성향도 보이나요?"

"조금 어렵네요."

"왜 어렵다는 거죠?"

"어벤저의 안에는 마치 여러 사람이 존재하는 것 같아요."

"……"

정곡을 찔렀다.

그녀의 말은 조금도 틀리지 않았다.

난 영혼의 퀘스트를 하며 여러 사람의 인격을 겪어왔다.

그리고 그 인격 중 일부는 내 것이 되어버렸다.

때문에 내 안에는 나만 있는 것이 아니다.

내가 겪었던 모든 영혼들이 함께 담겨 있다.

"아직 어려 보이는데, 그리고 정신분열증이 있는 것 같지도 않은데 어떻게 하면 당신과 같은 성향이 되는 걸까요?"

그 질문에는 대답할 수 없었다.

내가 아무 말도 하지 않자 그녀는 피식 웃었다.

"아, 미안해요. 비웃은 건 아니에요. 고민하는 모습이 귀여웠을 뿐이에요."

"전혀 기분 나쁘지 않았어요. 사과하지 않아도 됩니다."

"그렇게 받아들여 주시면 고맙구요. 어쨌든 제 물음에 대답할 수 없는 곤란한 이유가 있는 거겠죠?"

"맞아요."

"알았어요. 더 이상 개인적인 질문은 하지 않을게요. 마지막으로… 어벤저?"

"네?"

"당신이 무슨 목적으로 여기 왔는지 모르겠지만, 늘 행운이 가득하길 바랄게요."

클리아는 그 말을 마지막으로 테이블에서 떠났다.

손도 대지 않은 돈코츠 라멘은 종업원이 와서 다시 가져갔다.

클리아는 멀리 떨어진 빈 테이블에 홀로 앉아 그녀만의 사색에 빠져들었다.

난 돈코츠 라멘을 다 비우고서 레스토랑을 나왔다.

그리고 레스토랑 스테이크의 입구를 가만히 바라보았다.

그 안에서도 짧은 꿈을 꾼 것 같은 기분이 들었다.

Chapter 10
다운 타운의 지배자

다시 광장의 벤치에 앉아 시간을 보냈다.

1구역으로 들어갈 수 있는 방법은 진정 없는 것일까?

한참을 고민하던 와중 무심코 주머니에 손을 넣었는데, 자두 알만 한 구슬이 만져졌다.

난 그것을 꺼냈다.

영혼의 보옥이었다.

타인의 기억을 읽게 해주는 마제스 신의 신물.

별생각 없이 그것을 들고 있다가 갑자기 설열음의 얼굴이 떠올랐다.

그녀는 다운 타운의 관계자다.

그리고 그녀 스스로 말하길 자신은 단순한 커플러가 아니라고 했다.

다운 타운에서 제법 영향력이 있는 사람이라는 뉘앙스였다.

'사실일까?'

부디 사실이었으면 좋겠다.

영혼의 보옥은 딱 한 번밖에 사용하지 못한다.

설열음이 정말 다운 타운에서 높은 위치에 있는 여인이라면 분명 그녀의 기억 속에서 1구역으로 갈 수 있는 정보를 얻는 게 가능할 것이다.

'이것보다 더 안전하고 확실한 방법이 있으면 좋을 텐데.'

지금으로썬 이게 최선이다.

난 부디 이 도박이 먹혀들길 바라면서 영혼의 보옥을 입에 넣었다.

보옥은 혀에 닿자마자 사르르 녹아 식도를 타고 넘어갔다.

내 몸속으로 스며든 보옥은 기이한 기운으로 변해 전신으로 퍼졌다가 전부 머리로 몰려들었다.

난 갑작스런 현기증에 이마를 짚고 눈을 질끈 감았다.

눈앞이 흐려졌다.

눈꺼풀은 천천히 닫혔다 열리기를 반복했다.

주변의 세상이 계속해서 흐려졌다.

그리고 설열음의 기억들이 파노라마처럼 펼쳐졌다.

그녀가 태어나서 지금에 이르기까지의 모든 인생이 빠르게 흘러갔다.

하지만 정확하게 내 뇌리에 각인되었다.

마치 주마등을 보는 것 같았다.

설열음의 기억을 훔쳐보면서 나는 점점 충격에 빠져들었다.

이어, 모든 기억을 보게 된 이후 보옥의 힘이 사라졌다.

나는 정신 나간 사람처럼 벤치에 멍하니 앉아 있었다.

"말도 안 돼……."

이 정도까지인 줄은 몰랐다.

난 그저 설열음의 기억 속에서 1구역으로 가는 방법을 찾아내려 했을 뿐이다.

그런데… 그녀가, 그녀가… 다운 타운의 지배자일 줄은 상상도 하지 못했었다.

＊　　　＊　　　＊

설열음은 올해 28살의 여인이다.

20살 초반까지 그녀는 평범한 인생을 살고 있었다.

인생의 결핍이라 하면 아버지라는 사람이 오래전에 가정을 버리고 떠났다는 것 정도.

하지만 그러한 결핍은 누구에게나 있게 마련이다.

굳이 가정불화가 아니더라도 그에 준하는 결핍 말이다.

여기까진 아무런 문제가 없었다.

난 그다지 놀랄 것 없이 그녀의 기억을 관람했다.

그런데 그다음부터가 가관이었다.

가정을 떠났던 아버지가 어느 날 다시 돌아왔다.

초췌하고 병색이 완연한 모습으로.

당시 설열음은 혼자였다.

원체 병약했던 어머니가 2년 전 암으로 세상을 떠났기 때문이다.

하지만 설열음은 슬픔에 잠길 여유도 없이 어떻게든 살아나가기 위해 노력했다.

어머니와 함께 살던 지하 단칸방에서 쫓겨나지 않으려고 닥치는 대로 알바를 했다.

아직 고등학생인 그녀가 할 수 있는 일은 그리 많지 않았다.

그래도 어떻게든 일을 구해 돈을 벌었다.

물론 학교생활은 제대로 할 수 없었다.

수업에 빠지기 일쑤였고 성적은 늘 바닥을 쳤다.

겨우겨우 졸업장만 따서 성인이 되었다.

그럼에도 그녀는 여전히 일거리를 찾는 데 혈안이 되어 하루하루를 그냥 흘려보내고만 있었다.

그런 그녀 앞에 떠나간 아버지가 나타난 것이다.

설열음은 그런 아버지가 밉지도, 좋지도 않았다.

그녀가 너무 어렸을 때 떠나간지라 그 어떠한 정도 남아 있지 않았다.

그저 무덤덤했다.

딱 17년 만에 딸을 보러 찾아온 아버지는 미안하다는 사과도, 잘 지냈냐는 안부도 묻지 않았다.

대뜸 이렇게 말할 뿐이었다.

"너밖에 없다. 내 뒤를 이을 사람은."

그게 무슨 말인가 싶었다.

영문을 몰라 하는 설열음에게 아버지는 다시 말했다.

"사실 널 세상에 태어나게 한 이유도 이것 때문이었다. 내 피를, 내 유전자를 이을 존재가 필요했기 때문이었지. 다른 어느 누구도 내 자리를 대신할 수 없도록."

들을수록 더 영문을 알 수 없는 얘기였다.

혼란스러워하는 설열음에게 아버지라는 사람은 또다시 자기 얘기만 해댔다.

"그렇다고 네 엄마를 사랑하지 않은 건 아니었다. 그녀는 내가 세상에서 처음이자 마지막으로 사랑한 유일한 여인이었지. 어차피 내 핏줄이 필요하다면 사랑하는 여인에게서 얻고 싶었어."

아버지는 설열음에게 손을 내밀었다.

자신과 함께 가야 할 곳이 있다며.

설열음은 영문도 모르고 그 손을 잡았다.

아버지를 간절히 원했기 때문이 아니다.

갑자기 정이 생긴 것도 아니다.

그저 그녀는 지금의 생활에 지쳐 있었고, 기댈 곳이 필요했다.

적어도 아버지를 따라가면 먹여주고 재워는 주겠지.

그것이 그녀가 가진 기대감의 전부였다.

그래서 아버지가 무슨 말을 하는지도 이해 못 한 채 그저 따라가게 되었다.

다운 타운이란 곳으로.

설열음은 포털을 통해 다운 타운으로 오게 된 후 무척이나 놀랐다.

이런 세상이 존재할 것이라곤 생각도 못 했기 때문이다.

아버지는 그녀에게 말했다.

"여기는 오래전부터 우리 가문이 대를 이어 만들어온 곳이란다. 다운 타운의 실질적 지배자는 내게 유전자를 전해준 내 아버지, 그리고 그 아버지의 아버지, 다시 그 아버지의 아버지였지. 그분과 뜻을 같이한 세계 각국의 사람들도 많이 있었다. 이름만 들어도 알 만한 대부호도 있었지. 하지만 그들은 조력자였을 뿐. 한 번 더 강조하지만 이곳의 지배자는 그 유전자를 이어받은 나, 그리고 이제는 네가 될 거다."

설열음은 자신이 왜 이곳의 지배자가 되어야 하는지 알 수 없었다.

난감해하는 설열음에게 아버지는 계속 얘기했다.

"지구는 언젠가 멸망할 거다. 인간들로 인해서. 그들은 나중을 생각하지 않고 무분별한 발전을 이룩하는 데만 혈안이 되어 있어. 그러다간 지구가 완전히 사라지고 말거야. 먼 미래의 일이 아니란다. 곧 다가올 현실이야. 전 인류가 고향을 잃게 되는 거야. 그럼 어떻게 해야 할까? 노아의 방주를 만들어 선택된 인간들만 태우고, 나머지 인간들은 모두 죽여야 돼."

처음에 설열음은 아버지가 미쳤다고 생각했다.

전 인류를 죽이기 위해 핵을 만들고 있다는 말을 들었을 땐 몸서리가 쳐졌다.

아버지는 지금 핵을 터뜨려 인간들을 죽이는 것이 차라리 낫다고 했다.

그러면 적어도 지구는 사라지지 않을 거라고.

지구에게 핵보다 해로운 것은 인간들이라고.

그리고 선택받은 인간들은 다운 타운이라는 노아의 방주에서 새로운 인생을 살게 될 것이며, 점점 더 진화하게 될 것이라 말했다.

하지만 자신은 이제 병들었으며 죽음을 받아들여야 한다 얘기했다.

그러니 그의 피를 이어받은 설열음이 다운 타운의 지배자가 되어 이곳을 이끌어가 주기를 바랐다.

다운 타운의 메인 시스템은 오래전부터 이어져 내려온 선대의 유전자를 가지지 못한 사람은 결코 작동시킬 수 없었다.

설열음의 아버지가 죽고 나면, 오로지 설열음만이 다운 타운을 무사히 운영해 나갈 수 있는 것이다.

설열음은 한동안 혼란스러워했다.

그런 그녀를 아버지는 2구역으로 데려갔다.

그 안에서 한동안 사람들을 지켜보라 말했다.

설열음은 미치광이들만 있는 것 같은 2구역이 역겨웠다.

하나 그것도 잠시.

일탈을 꿈꾸던 그녀의 속내가 순수한 광기를 받아들였다.

내가 그랬던 것처럼 그녀도 광기에 물들었다.

그리고 아버지를 이해하게 되었다.

아니, 그 이전에 이 세상을, 다운 타운을 사랑하게 되었다.

설열음은 비로소 모든 것을 품고 가기로 했다.

아버지에게 자신이 다운 타운의 지배자가 되겠노라 선언했다.

그녀의 아버지는 비로소 편안한 안식에 들 수 있었다.

그렇게 설열음은 다운 타운의 새로운 지배자로서 거듭났다.

이후 핵미사일 개발과 인체 실험에 더욱 박차를 가했다.

그러면서 지배자라는 신분을 숨기고 다운 타운의 커플러

행세를 하며 지금까지 오게 된 것이다.

＊　　　＊　　　＊

"후우."

설열음을 2구역으로 오게 해야 한다.

그녀가 1구역으로 갈 수 있는 포털을 지니고 있다.

1구역은 반드시 2구역에서만 넘어갈 수 있다.

다른 지역에서 1구역으로 가는 포털을 사용해 봤자 차원의 문이 열리지 않는다.

'하지만 어떻게 해야 그녀가 이곳으로 올까?'

고민을 하고 있는데, 검은 그림자 하나가 내 앞에 드리워졌다.

고개를 들었다.

빛을 가로막고 선 이는 무함마드였다.

"여기서 이렇게 보니 아주 반갑군, 애송이."

무함마드의 뒤로는 제법 강해 보이는 녀석들 열댓 명이 서 있었다.

물론 평범한 사람의 기준에서 강해 보일 거라는 얘기다.

난 무함마드에게 씩 웃어주며 물었다.

"정말 반가워?"

"아니 반가울 리가! 드디어 내 손으로 널 죽이게 됐는데!"

"내가 매드 맨들이랑 싸우는 걸 봤는데도 그런 말이 나와?"

"그게 온전히 너의 능력이라고 속일 생각은 마라. 무슨 속임수가 있었겠지. 그것으로 매드 맨들의 혼을 빼놓은 뒤, 죽여 버린 거야."

"소설 쓰고 있네, 미친 새끼."

"언제까지 그 혀를 놀릴 수 있을까? 내가 재미있는 사실 하나를 알려주지. 나 역시… 백 명의 매드 맨과 싸워 귀족의 작위를 딴 놈이야!"

무함마드의 주먹이 불을 뿜듯 내게 날아들었다.

난 무미건조하게 그의 주먹을 손바닥으로 막았다.

탁.

순간 놀라는 무함마드의 얼굴을 보며 좋은 생각이 떠올랐다.

'그래. 설열음이 2구역으로 넘어올 수밖에 없도록 만들면 되는 거잖아.'

생각은 끝났고, 몸이 움직였다.

벤치에서 벌떡 일어나며 머리로 무함마드의 콧잔등을 들이박았다.

빡!

"컥!"

쇳덩이에 얻어맞은 기분일 거다.

무함마드가 코를 움켜쥐고 뒤로 비틀비틀 물러났다.

"내, 내 코!"

자신의 부러진 코를 만져본 무함마드가 분노의 일갈을 내질렀다.

"이 개자식이!"

쌍코피를 줄줄 흘리면서 욕해봐야 별로 위협적이지 않다.

무함마드가 다치자 그의 뒤로 시립해 있던 열맷 명의 사람이 내게 달려들었다.

아주 좋다.

내가 바라던 그림이다.

제대로 깽판 한번 쳐 볼란다.

선두로 나서서 내게 달려든 놈의 얼굴에다 주먹을 박아 넣었다.

뻐억!

"억!"

짧은 비명과 함께 놈의 몸이 붕 떠서 뒤로 날아갔다.

덕분에 뒤에 서 있던 패거리와 부딪혀 한 덩이가 되어 바닥에 널브러졌다.

그러는 사이 다른 녀석들이 각자의 무기를 들고 달려들었다.

난 잠깐 생각했다.

'적당히 해야 하나, 자비를 베풀지 말아야 하나.'

직설적으로 얘기하자면 지금의 나는 이들을 죽이느냐 살리느냐를 두고 갈등하는 중이었다.

하지만 결코 아까처럼 광기에 물든 건 아니다.

살인이라는 것엔 다운 타운에 오기 전에 이미 익숙해져 있었다.

데브게니안 사람들의 삶을 체험하면서 지독할 만큼 타인의 목숨을 취해봤기 때문이다.

그렇다고 사람을 함부로 죽이겠다는 마음을 먹은 적은 없다.

단!

죽여야 할 상황에서는 죽인다.

그리고 아무래도 지금이 그런 상황인 것 같았다.

퍽!

"크헉!"

힘껏 내지른 주먹은 더벅머리 거한의 심장을 뚫었다.

그러나 나는 거기에서 어떠한 쾌락이라든가, 혹은 죄의식 같은 걸 느낄 수 없었다.

이들은 2구역에서 늘 스스로의 욕망을 채우며 살아왔다.

법이 존재치 않는 약육강식의 세상이 바로 여기다.

지금은 나도 그 법에 따라 행동하겠다.

"죽어!"

왜소한 덩치에 얍삽하게 생긴 사내가 내게 쇠파이프를 휘둘렀다.

난 몸을 비틀어 쇠파이프를 피했다.

횡―!

쇠파이프가 허공을 가르며 위협적인 파공성을 흘렸다.

얍삽한 사내는 다시 자세를 고쳐 잡고 쇠파이프를 휘두르려 했다.

동시에 그의 옆에 뱁새눈을 한 녀석이 나타나 건틀릿을 낀 주먹을 휘둘렀다.

난 정수리를 향해 내려오는 쇠파이프를 잡아챘다.

그리고 쇠파이프의 끄트머리로 뱁새눈의 턱을 밀어 쳤다.

퍽!

"억!"

뱁새눈의 턱이 깨졌고, 녀석은 뇌가 흔들렸는지 그대로 쓰러졌다.

얍삽한 사내가 당황했다.

그사이 난 쇠파이프를 빼앗아 놈의 정수리를 깨부줬다.

퍼억!

"……!"

머리가 터진 얍삽한 사내는 비명도 지르지 못한 채 죽어 넘어졌다.

다시 세 녀석이 달려들었다.

그들의 손에도 제각각의 무기가 들려 있었다.

하지만 그 무기들은 내 몸에 절대 닿을 수가 없었다.

제대로 휘두르기도 전에, 내가 녀석들의 머리를 터뜨려 제 압했기 때문이다.

퍼퍼퍽!

세 놈의 머리가 수박처럼 터졌다.

피와 뇌수가 사방으로 비산했다.

털썩.

머리를 잃은 몸뚱이는 커다란 고깃덩이가 되어 쓰러졌다.

그쯤 되니 다른 녀석들은 내게 함부로 달려들지 못했다.

한데 그때, 뒤로 물러나 있던 무함마드가 달려와 제 노예 중 한 놈의 목을 잡고 분질러 버렸다.

두둑!

"끄으!"

믿고 있던 주인에게 느닷없이 죽임을 당한 노예는 억울함 이 가득 담긴 시선을 무함마드에게 보내며 무너졌다.

이 황당한 상황에 다른 노예들은 놀라 무함마드를 바라보 았다.

"저따위 놈이 무서워서 망설이는 것이냐! 어디 계속 그렇 게 해봐라! 지금부터 우물쭈물하는 놈은 내 손에 죽을 테니 까!"

무함마드는 노예들에게 배수의 진을 쳤다.

그리고 그것은 확실히 효과가 있었다.

어차피 이래도 죽고 저래도 죽을 판이라면 마지막 발악이라도 해보는 게 낫다.

노예들은 눈에 불을 켜고 이판사판으로 달려들었다.

그러나 목숨을 걸고 덤벼도 헤쳐 나갈 수 없는 일이라는 게 있는 법이다.

퍼퍼퍼퍼퍼퍼퍽!

전광석화처럼 휘둘러진 내 쇠파이프는 남은 노예들의 머리도 순식간에 터뜨려 버렸다.

모든 노예가 죽어버리고, 이제 남은 건 무함마드 하나였다.

무함마드가 분을 삭이지 못해 콧김을 팍팍 내뱉더니 주먹을 꽉 말아 쥐고 고함을 질렀다.

"우어어어어어어어어!"

이어 재미있는 일이 벌어졌다.

마치 분노한 브루스 배너가 헐크로 변신하는 것처럼 무함마드의 몸이 거대해지고 있었다.

입고 있던 옷이 전부 터져 나갔다.

땅딸한 키는 훤칠해졌고, 근육이라고는 찾아볼 수 없던 몸에 바윗덩이 같은 근육들이 자라났다.

불뚝 튀어나온 배가 쏙 들어가고, 대신 탄탄한 복근이 나타났다.

"우어어어어어어어어!"

조금 전의 무함마드는 사라지고, 2미터가 넘는 거구의 거인이 내 앞에 서 있었다.

무함마드는 초능력자가 아니라더니, 이 정도면 거의 초능력과 버금가는 거 아닌가?

변신을 마친 무함마드가 맹수처럼 달려들었다.

난 쇠파이프에 검기를 실었다.

보랏빛의 기운이 쇠파이프에 어렸다.

그리고 지척에 다다른 무함마드의 허리를 벴다.

서걱!

무함마드는 주먹을 내지르다 그대로 굳어버렸다.

"우어……?"

이 녀석은 변신하면 언어를 잊어버리는 건가?

동물 같은 의성어를 내뱉은 무함마드가 자신의 허리를 바라보았다.

난 그런 무함마드의 이마를 탁 쳤다.

그러자 무함마드의 허리에 붉은 선혈이 생겼다.

이어, 그의 몸이 두 동강 나며 바닥에 널브러졌다.

"끄으으으……."

무함마드의 입에서 마지막 신음이 흘러나왔다.

이윽고 숨이 끊어졌다.

갑자기 벌어진 일방적인 살육전에 광장에 있던 이들의 시선이 일제히 내게 집중되었다.

그들 중에는 조커의 모습도 보였다.

조커가 광기에 젖은 눈을 희번덕이더니 혀로 입술을 핥으며 내게 다가왔다.

"잘하잖아? 죽이는 거 엄청 잘하잖아! 좋아, 아주 좋아! 이제 나도 네 손으로 죽……!"

푹!

"어?"

조커는 말을 하다 말고 자신의 왼쪽 가슴을 쳐다봤다.

그리고 보았다.

가슴을 깊숙이 박힌 쇠파이프를.

조커가 미친 사람처럼 히죽히죽 웃었다.

그러더니 이내 눈을 까뒤집으며 픽 쓰러졌다.

"결국 광기에 먹혀 버린 건가?"

킹의 음성이었다.

킹은 착참한 얼굴로 터벅터벅 내게 다가왔다.

"킹."

내가 그의 이름을 불렀다.

킹이 고개를 서서히 저었다.

"자네는 광기에 먹히지 않길 바랐네."

"그렇게 보여?"

"스스로 부정하겠지만, 이미 자네가 저지른 일이 모든 것을 증명해 주고 있다네."

"킹, 넌 통찰력이 좋은 사람이라고 생각했는데 그것도 아닌 모양이네."

"내가 그대를 잘못 판단한 건지, 그대가 광기에 먹혀 버린 건지는 그대 안에 자리한 진심만이 알고 있겠지."

그때였다.

주변에서 구경을 하던 무리 중 몇몇 사람이 내게 다가왔다.

"저거 뭐야?"

"오늘 귀족이 된 어벤저라는 녀석이야."

"신참 귀족이야? 그런데 너무 설치네."

"나도 마음에 안 들어, 저 오빠."

"이놈! 내가 오늘 네놈에게 호된 맛을 보여주마!"

녀석들은 저마다 한마디씩 하며 싸울 태세를 갖추었다.

킹이 그들과 나를 번갈아 보며 말했다.

"어쩔 텐가?"

"걸어오는 싸움은 피하지 않는 타입이라서."

"죽일 건가?"

"저들도 날 죽일 생각인 것 같으니, 나도 그 마음에 보답해 줘야지."

"안타깝군."

"계속 그렇게 안타까워해. 이게 나니까."

킹과 내가 대화를 나누는 사이 일곱 사람이 달려들었다.

하지만 그들은 무함마드보다도 약했다.

난 쇠파이프에 어린 검기를 거두었다.

그리고 달려드는 놈들을 무자비하게 두들겨 팼다.

퍼퍼퍼퍼퍼퍽!

녀석들은 머리가 깨지고 뼈가 부러져 순식간에 싸늘한 주검이 되었다.

내 주변은 스물이 넘는 시체들로 피바다가 되었다.

그러자 킹이 깊은 한숨을 내쉬며 내 앞에 섰다.

"더는 두고 볼 수가 없겠군."

"두고 볼 수 없으면?"

"나는 그대를 이길 수 없을지도 모르네. 하지만 광기에 폭주하는 그대를 보고서도 그냥 지나친다면 그건 도리가 아니네. 그대에게 개인적인 원한은 없으나 대적할 수밖에 없는 날 이해해 주게."

난 그런 킹에게 경고했다.

"킹. 난 사정 봐주지 않아. 봤잖아. 날 죽일 생각으로 덤빈다면 나도 킹을 죽일 수밖에 없어."

"그 또한 어쩔 수 없는 일이겠지."

"와라."

*　　　　*　　　　*

차마 킹을 죽일 수는 없었다.

그는 사지가 부러진 채 바닥에 누워 있었다.

얼굴은 피투성이가 되었다.

"왜… 죽이지 않지?"

킹의 물음에 나는 대답하지 않았다.

다만 사방에서 내게 보내고 있는 살기에 집중할 뿐이었다.

이제는 광장에 있는 모든 이가 날 죽일 생각을 하고 있었다.

'생각한 대로 돌아가는군.'

난 일부러 그들에게 소리쳐 도발했다.

"다 덤벼, 새끼들아!"

도발은 통했다.

광장의 사람들에게서 뿜어져 나오는 살기가 더욱 강해졌다.

"저거 조져!"

"아무리 강해도 쪽수 많은 데엔 장사 없다!"

"죽여!"

수십 명의 사람이 일제히 내게 몰려들었다.

소란스러운 함성을 듣고 또 다른 사람들이 여기저기서 다가왔다.

그리고 그들도 전투에 가담했다.

진정 나를 죽이고 싶어 하는 이들도, 그저 광기에 휩쓸려 전투에 끼어드는 이들도 있었다.

나는 그들 모두와 싸웠다.

2구역에서는 사람 간의 싸움은 제재하지 않지만, 건물을 망가뜨리는 건 엄히 다스린다고 했다.

그래서 일부러 주변의 건물들을 마구 때려 부수면서 싸움을 이어나갔다.

손에 들린 쇠파이프가 휘둘러질 때마다 사람이 하나씩 죽어나갔다.

그리고 건물은 계속해서 망가졌다.

벤치도 망가졌고, 가로등도 부러졌으며 나무는 십여 그루가 기둥이 뽑혀 나갔다.

레스토랑 스테이크의 외벽도 심하게 무너져 내렸다.

식당 안에서 식사를 하던 손님들이 무슨 일인가 싶어 튀어나왔다.

그리고 미쳐 날뛰는 날 보며 그들 역시 싸움에 가담했다.

점점 날 죽이려는 이의 수가 늘어났다.

열을 죽이면 스물이 더 달려들었다.

주택가에 있던 인간들도 소문을 듣고 속속 모여드는 듯했다.

백 명이었던 사람은 이백이 되었고, 곧 삼백을 넘어섰다.

무너진 레스토랑의 외벽 너머로 이 사태를 관조하는 클리아의 모습이 보였다.

날 바라보는 그녀의 표정은… 읽을 수가 없었다.

저 표정이 무엇을 말하는 것인지.

어찌 되었든 난 싸움을 멈추지 않았다.

아니, 이것은 이미 전쟁이었다.

Chapter 11
제1구역

전쟁은 계속되었다.

이제는 2구역에 있는 모든 인간이 내 목을 원하고 있었다.

내가 족히 사백 명은 죽인 것 같은데, 나와 전쟁을 벌이는 이들은 그 갑절은 되는 것 같았다.

난 일부러 주택가로 도망치며 전쟁을 이어나갔다.

그리고 주택들을 닥치는 대로 시원하게 때려 부쉈다.

이미 미쳐 있었던 이 공간은 더더욱 짙어진 광기로 가득 찼다.

내 손에 죽어나가는 시체는 끝없이 늘어났고 주변의 건물들은 모두 아작이 났다.

아수라장이 따로 없었다.

그때 카시아스에게 텔레파시가 왔다.

[지웅.]

[정신없으니까 말 걸지 마.]

[설열음이 경호 부대를 불렀다.]

[경호 부대?]

[너처럼 건물 다 때려 부수고 설치는 놈 제압하는 특수부대다. 다들 인체 강화를 통해 신체 능력이 보통 인간의 수십 배에 달한다고 들었으니까 조심해.]

[매드 맨 백 명을 순식간에 정리했어.]

[경호 부대는 삼백이다. 지금 네가 싸우고 있는 인간들의 수는 팔백가량. 더하면 천이 넘어.]

[재미있겠네. 잘 봐. 내가 어떻게 쓸어버리는지.]

[설열음을 2구역으로 끌어내기 위해 그러고 있는 건가?]

[그래.]

[왜?]

[영혼의 보옥으로 설열음의 기억을 읽었어. 그런데 1구역으로 가는 포털을 설열음이 가지고 있었지. 그리고 1구역에 가기 위해선 포털을 꼭 2구역에서만 사용해야 돼. 다른 곳에서 사용해 봤자 절대 1구역으로 가는 차원의 문은 열리지 않아.]

[1구역을 가는 포털은 오로지 설열음만 갖고 있는 건가?]

[응. 1구역에 간부는 없어. 그저 슈퍼컴퓨터가 모든 일을 관장할 뿐이지. 그리고 그 슈퍼컴퓨터를 움직일 수 있는 사람은 설열음뿐이야.]

[어째서?]

[그녀가… 다운 타운의 지배자니까.]

[……!]

평소 침착함을 유지하던 카시아스도 이번에는 놀랐는지 말문이 턱 막혀 버렸다.

그러는 사이 군청색의 제복을 입고 검은 헬멧을 쓴 경호 부대원 삼백 명이 전장에 투입되었다.

"다 죽여주마. 실프, 운디네, 살라만다, 노움."

난 네 마리의 정령을 동시에 소환했다.

허공에 내가 불러낸 정령들이 일시에 모습을 드러냈다.

거대한 인어의 모습을 한 운디네.

불사조의 형태로 최종 진화한 살라만다.

큰 망치를 든 거인 노움.

천사의 날개를 달고 하늘을 나는 실프.

그 네 명의 정령은 내 의지를 읽고 정령 마법으로 적들을 쓸어버리기 시작했다.

운디네가 거대한 파도를 일으켰다.

적들은 파도에 휩쓸려 내게 다가오지 못하고 멀리 밀려

났다.

그사이 실프가 바람의 칼날을 날려 적들을 도륙했다.

노움의 망치가 바닥을 때릴 때마다 지진이 일고 지면이 갈라졌다.

살라만다는 불기둥을 일으켜 주변을 불바다로 만들었다.

정령들의 정령 마법은 적들의 수를 무서운 속도로 줄여 나갔다.

"으아악!"

"끄악!"

"꺄아아아악!"

전장의 곳곳에서 고통에 찬 사람들의 비명 소리가 울려 퍼졌다.

정령 마법은 어마어마한 살상력을 자랑했다.

삽시간에 내 주변은 지옥도처럼 변해 버렸다.

시산혈해.

시체가 산처럼 쌓이고 피가 바다를 이루었다.

천이 넘던 적들의 수는 반으로 줄어들었다.

하지만 정령 네 마리를 동시에 소환하는 바람에 내 영력이 빠르게 소모되었다.

정령 한 마리를 소환해서 유지하는 데 드는 시간은 1초당 영력 1이다.

네 마리를 소환했으니 1초당 4의 영력이 소모된다.

현재 내 영력은 40.

정령들은 소환한 지 딱 10초가 지난 뒤 영력이 고갈되어 모두 사라지고 말았다.

그 말은 곧 10초 만에 정령 넷이 오백이 넘는 적을 도륙했다는 것이다.

영력은 1분에 1씩 차오른다.

40의 영력을 가득 채우려면 다시 40분을 기다려야 한다.

하지만 그때까지 버틸 만한 지구력이 내게는 없다.

이미 싸움은 오랫동안 이어졌고, 적들을 상대하며 힘도 많이 고갈되었다.

정령들이 사라지자 주춤하던 적들이 다시 내게 달려들었다.

영력이 고갈됐으니 패시브 소울만을 이용해야 했다.

그중 지금 가장 도움이 되는 패시브 소울은 바로 염력이었다.

난 염력을 일으켜 뉴클리어가 그러했던 것처럼 다가오는 적들을 조각냈다.

적들은 내 근처에도 오지 못하고 다진 고기가 되어 죽어나갔다.

그렇게 10분 정도를 버텼다.

"마인드 탭!"

```
이름 : 유지웅

소속 : 지구, 대한민국

성별 : 남

나이 : 20

영력 : 10/40

영매 : 44

아티팩트 소켓 5/5

보유 링크 : 53,973
```

영력이 다시 10까지 차올랐다.

난 뇌 속성 상급 마법 썬더를 시전했다.

"썬더!"

번쩍!

콰르르르르르릉!

하늘에서 번개 다발이 떨어져 내렸다.

다수의 적을 상대하는 데는 썬더만 한 마법이 없었다.

영력이 완전히 고갈될 때까지 썬더를 멈추지 않았다.

콰르르릉! 콰릉! 콰르르르르릉!

무섭게 떨어지는 번개에 얻어맞은 적들은 비명도 지르지

못하고서 까만 재가 되었다.

10초는 빠르게 지나갔다.

영력이 바닥을 드러내 마법의 시전도 끝났다.

하지만 그 10초 동안 이백이 넘는 적이 죽어나갔다.

염력에 당해 죽임을 당한 이도 오십은 족히 넘었다.

적들의 수가 다시 반으로 줄어든 것이다.

이제 남은 이들은 삼백 명 남짓.

그중 경호 부대는 서른 명가량 되는 듯했다.

난 달려드는 이들을 피해 높은 건물 위로 몸을 날렸다.

순간!

쐐애애애애액!

화살 한 대가 내 미간을 노리며 날아들었다.

난 그것을 손으로 탁 쳐 내고 활을 가진 이를 살폈다.

활을 쏜 건 긴 장발의 동양인이었다.

그가 다시 화살 한 발을 장전하려 할 때, 염력으로 활과 화살 통을 빼앗았다.

"어어!"

장발의 동양인이 어어 하는 사이 활과 화살 통은 내 손에 쥐어졌다.

나는 활을 한 손으로 들고 현에 살을 먹여 죽 당겼다.

그런데 내가 먹인 살은 한 개가 아닌 세 개였다.

내 패시브 소울 중엔 쟈비아의 굉장한 궁술이 있었다.

나는 당겼던 현을 놓았다.

팅!

쐐애애애애액!

세 개의 화살이 날아가 장발의 동양인에 그 양옆에 서 있던 이들의 이마에 박혔다.

셋은 숨넘어가는 신음을 흘리며 쓰러졌다.

이윽고 내 손이 신랄하게 움직였다.

쐐애애애액! 쐐액!

퍼퍼퍼퍼퍼퍼퍽!

내 손이 현을 당겼다 놓을 때마다 세 사람이 죽음을 맞았다.

난 화살 통의 화살이 전부 사라질 때까지 열심히 활을 쏴댔다.

그렇게 꼭 마흔 명의 사람을 죽이고 나서야 난 손을 멈추고 활을 버렸다.

남은 인원은 대략 260명!

화살을 쏘는 사이 영력이 다시 5까지 회복되었다.

하지만 이 정도로 액티브 소울을 사용하기엔 부족했다.

다시 염력을 이용, 적들을 도륙해 나갔다.

적들은 염력의 무서움을 알기에 쉽게 다가오지 못한 채 머뭇거렸다.

그렇게 다시 7분이 흘렀다.

영력이 12까지 차올랐다.

"실프, 운디네, 살라만다, 노움!"

난 네 마리의 정령을 재소환했다.

정령들이 머무를 수 있는 시간은 단 3초.

하지만 그거면 충분했다.

정령들이 일시에 정령 마법을 시전했다.

땅에 지진이 일며 균열이 생기며 지면이 뒤집어졌다.

파도가 일어 적들을 집어삼켜 지면의 균열 속으로 끌고 들어갔다.

보이지 않는 바람의 칼날이 적들의 목을 잘랐다.

집채만 한 불덩이가 날아가 적 무리에 작렬했다.

그 모든 마법을 단 3초 동안 퍼부은 뒤, 정령들은 소멸되었다.

하지만 대부분의 적이 죽음을 맞았다.

남아 있는 적의 수는 고작 열도 되지 않았다.

그들의 얼굴엔 비로소 공포라는 감정이 드리워졌다.

"으, 으아아아!"

제 죽을 때가 되어서야 광기를 벗고 이성을 찾은 인간 하나가 도망치려 했다.

그러나 난 염력으로 그놈의 목부터 잘라놓았다.

서걱!

"……!"

놈의 머리가 허공으로 붕 떴다가 바닥에 떨어졌다.

어깨 위가 허전해진 몸뚱이는 피를 분수처럼 뿜으며 쓰러졌다.

그 광경을 지켜본 다른 놈들은 감히 도망갈 엄두를 내지 못하고서 목석처럼 굳어버렸다.

하지만 가만히 있는다고 해서 죽이지 않는 건 아니다.

난 그들의 목도 모조리 잘라 버렸다.

이로써 전쟁은 끝났다.

2구역에 살아남은 이는 내게 덤벼들지 않은 몇몇 귀족뿐이었다.

그리고 클리아도 그중 한 명이었다.

2구역은 그야말로 초토화되었다고 해도 과언이 아니었다.

정령 마법으로 지진이 일고 파도가 휩쓸고 간 덕분에 주택은 모조리 무너지고 파괴되었다.

광장도 엉망이었다.

산 사람보다 죽은 자가 더 많았다.

사방이 피비린내로 가득했다.

난 광장의 중앙으로 향했다.

클리아는 여전히 레스토랑의 무너진 외벽 너머에서 날 바라보고 있었다.

그녀는 어떠한 표정도 짓지 않았다.

아무런 말도 하지 않았다.

처음부터 끝까지 관조하고 있을 뿐이었다.

그때, 내 앞에서 차원의 문이 열렸다.

그 안에서 내가 원하던 사람이 모습을 드러냈다.

설열음이었다.

웃기는 건, 이런 상황에서도 카시아스를 데리고 나타났다는 것이다.

카시아스는 늘 그랬듯 설열음의 어깨에 올라타 있었다.

"뭐하는 거지?"

설열음이 내게 물었다.

"뭐하는 것 같아?"

"내가 먼저 물었어."

"보는 대로야. 시원하게 깽판 한번 쳤지."

"그러니까 왜."

"널 여기로 부르기 위해."

"뭐?"

설열음은 내가 하는 말이 전혀 이해가 되지 않는단 얼굴이었다.

그럴 것이다.

그녀는 내가 아무것도 모르고 있다 생각할 테니.

하지만 나는 안다.

설열음이 다운 타운의 지배자이며, 1구역으로 넘어가는 포털이 그녀에게 있다는 것.

그리고 2구역에서만 1구역으로 갈 수 있다는 것을.

"날 여기로 부르기 위해 이 난리를 피웠다고?"

"응."

"대체 그게 무슨 의미가 있는 건데?"

"큰 의미가 있지. 난 1구역에 가야 하거든."

"…그게 무슨."

끝까지 모르는 척이군.

난 음속 이동으로 설열음에게 다가가 그녀의 목에 걸린 목걸이를 빼앗았다.

"아!"

설열음은 별다른 저항도 못했다.

그녀의 목걸이엔 1구역으로 향하는 포털이 달려 있었다.

항상 이런 식으로 포털을 몸에 지니고 다닌다는 것도 그녀의 기억을 읽어서 알고 있었다.

난 당장 포털을 사용했다.

포털에서 기계적인 음성이 들려왔다.

─포털을 준비합니다. 함께 넘어갈 매개체를 눈으로 스캔하거나 직접 만져 주십시오. 5초 동안 아무런 행동이 없을 경우 본인만 넘어가도록 설정합니다.

당연히 나는 혼자서만 이용할 생각이었다.

해서 아무런 말도 하지 않았고, 5초가 지나자 내 앞엔 나 이외의 다른 사람이 들어갈 수 없는 차원의 문이 열렸다.

"안 돼!"

설열음이 놀라서 내게 달려들었다.

난 그녀의 후두부를 강하게 때렸다.

"아……."

털썩!

일격에 정신을 잃은 설열음이 바닥에 쓰러졌다.

"너와는 나중에 대화를 나눠야겠어."

나는 쓰러진 설열음을 놔두고 차원의 문으로 들어섰다.

이제는 공간 이동의 어지러움에 많이 익숙해져 있었다.

*   *   *

1구역에 들어섰을 때 제일 먼저 느낀 감정은 혼란스러움이었다.

1구역은 그다지 넓지 않은 연구실 같은 분위기의 돔 형태로 만들어진 곳이었다.

1구역의 중앙엔 거대하고 복잡한 구조의 슈퍼컴퓨터가 놓여 있었다.

슈퍼컴퓨터의 뒤편으로는 커다란 창이 있었다.

창 너머로 핵실험을 진행하고 있는 실험실의 내부 구조가 보였다.

그리고 1구역의 벽은 전부 수족관 형태의 실험관으로 이루어져 있었다.

실험관 안에는 인체 실험 중인 마루타가 산소호흡기를 낀 채 들어가 있었다.

이것이 1구역의 전부였다.

이미 설열음의 기억 속에서 한번 본 장소지만, 직접 겪어보니 피부로 와 닿는 게 달랐다.

"슈퍼컴퓨터를 망가뜨리면 모든 것이 끝난다."

1구역의 보안은 의외로 허술한 편이었다.

포털만 잘 지키면 그 누구도 1구역에 들어설 수 없었기에 다른 보안 장치를 따로 해두지 않았다.

이것 역시 설열음의 기억 속에서 알아낸 것이므로 확실한 사실이다.

난 주먹을 말아 쥐고 슈퍼컴퓨터를 마구잡이로 두들겨 패기 시작했다.

쾅쾅쾅쾅쾅쾅쾅!

퍼엉!

결국 슈퍼컴퓨터는 충격을 견디지 못하고 큰 폭음을 흘리며 터졌다.

슈퍼컴퓨터가 동작을 멈추자 1구역을 밝혀주던 빛이 모조리 점멸되었다.

"끝인가."

뭔가 허무했다.

힘들게 1구역까지 왔는데, 막상 일을 해결하는 건 얼마 걸리지 않았다.

난 어둠 속에서 다시 포털을 작동해 1구역에서 빠져나왔다.

Chapter 12
레이브란데의 인과율

1구역에서 차원의 문을 열고 들어갔다 나오니 2구역의 광장이었다.

설열음은 여전히 기절해 있었고, 카시아스는 그녀의 곁에 앉아 있었다.

2구역의 살아남은 모든 귀족은 광장에 모여 있었다.

클리아도 이제는 레스토랑 건물에서 나와 광장에 서 있었다.

나는 1구역으로 안내하는 포털을 손으로 비벼 부서뜨렸다.

이것 말고는 1구역으로 갈 수 있는 또 다른 포털은 없다.

내가 부순 것이 유일한 포털이었다.

이제 1구역은 영원히 봉쇄되어 버린 공간이 되었다.

마지막으로 내가 해결해야 할 일은 설열음에 대한 처우였다.

그녀와 그녀의 아버지, 그리고 이 실험을 이어온 이들은 결코 용서할 수 없는 죄를 지었다.

이를 아는 건 오로지 나 하나다.

2구역에 있는 귀족들도 다운 타운의 진정한 존재 의의를 모른다.

그저 2구역에 지어진 저택을 사놓으면 언젠가 엄청난 혜택이 돌아온다는 정도만 알고 있을 뿐이다.

그러니 그녀를 단죄할 수 있는 건 나밖에 없다.

하지만 망설여진다.

조금 전 그렇게 많은 이들을 아무렇지 않게 죽여놓고 설열음을 죽이는 건 왜 망설이게 되는 건지 모를 일이다.

설열음에게 인간적인 정이 든 건 아니다.

사적인 감정이 그녀를 단죄치 못하게 하는 것도 아니다.

그저… 뭔가 석연치 않음이 계속 내 발목을 붙잡고 있었다.

뭘까.

무엇이 앞을 가로막는 것일까.

고민하고 있던 그때.

기절했던 설열음이 아무 일도 없었다는 듯 거짓말처럼 벌떡 일어섰다.

그리고 날 응시하며 무감정하게 말했다.

"왜 안 죽이고 있어?"

"뭐?"

"날 죽이려 했던 거 아니야? 그런데 왜 안 죽인 거냐고."

순간 큰 해머로 뒤통수를 두들겨 맞은 듯했다.

"너… 기절한 척했던 거냐."

"설마 그 정도에 진짜 기절할 거라고 생각한 거야?"

"버틸 수 있을 만큼 가볍게 가격하진 않았는데."

"사실대로 얘기해 줄게. 네가 당했어."

내가 뭘 당했다는 건지 모르겠다.

설열음은 주먹 쥔 오른손을 내밀었다.

"나한테는 두 가지 능력이 있어."

그녀가 검지를 폈다.

"하나, 미래를 보는 눈."

뭐……?

미래를 본다고?

점쟁이도 아니고 그런 게 가능한 건가?

"둘."

설열음이 중지를 폈다.

"메모리 컨트롤."

메모리 컨트롤? 기억을 조종한다는 얘기인가?

"정확하게 얘기하자면 남의 기억을 내 마음대로 조종할 수 있다는 거지. 지웅이 넌 내 기억을 훔쳐봤겠지. 그래서 내가 다운 타운의 지배자라는 것도, 1구역에 가는 방법도 알아낼 수 있었을 테고."

"……!"

"상황이 이렇게 되리라는 건 오래전부터 알고 있었어. 난 미래를 볼 수 있으니까. 하지만 내게는 한 가지의 미래가 아니라 여러 갈래의 미래가 보여. 내가 어떤 선택을 하느냐에 따라 달라지는 모든 미래들이 보이지. 다행스럽게도 이건 내가 원하는 미래였어. 네가 다운 타운을 파괴하는 것."

내가 지금 설열음의 계획대로 움직였다는 말이야?

꼭두각시처럼?

"하지만 이런 미래를 만들기 위해서는 내게 메모리 컨트롤의 능력이 필요했지. 그게 지금의 미래를 손에 넣기 위한 필요조건이었어. 메모리 컨트롤이 없었다면 이런 상황은 오지 않았을 거야. 난 네가 내 기억을 훔쳐보는 순간 반대로 네 머릿속 기억 속에 접속했어. 그리고 네가 훔쳐본 내 기억들 중, 인체 실험을 통해 강인한 육신을 얻었다는 걸 지워 버렸지."

"왜… 그런 짓을 한 거지?"

"그 사실을 알았더라면 넌 날 연약한 보통의 여자로 보지 않았겠지. 제대로 싸워서 날 죽였을 가능성이 높아. 그게 내가 봤던 또 다른 미래니까. 하지만 난 내 두 눈으로 꼭 보고 싶었어. 다운 타운의 멸망을. 1구역의 파괴를. 그래서 이제 만족해. 얼마든지 죽어도 좋아."

설열음이 대체 무슨 말을 하는 건지 이해하지 못하겠다.

"저의가 뭐야? 왜 네가 다운 타운의 멸망을 바라는 건데?"

"광기에서 멀어졌거든."

광기.

그래, 늘 그놈의 광기가 문제다.

"처음에는 이곳이 진정 천국이 아닌가 생각했었어. 그래서 아버지가 돌아가시고 열심히 1구역의 연구를 진행시켜 나갔지. 내가 생각하는 것이 진리다. 내가 바라는 것이 곧 모든 이들의 염원이다. 그렇게 믿어왔어. 그러다 어느 순간 정신을 차려보니 난 지구의 평화를 위해서가 아니라 오로지 내 신념을 위해서만 연구를 이어나갔던 것이라는 걸 깨달았어. 하지만 내 손으로 아버지가 대를 이어 연구해 온 모든 것을 파괴할 순 없었어."

"그래서… 날 이용했다?"

"미안하지만, 그래. 우리 달봉이… 이 고양이도 보통 고양이가 아니지? 난 그래서 달봉이에게 힌트를 주었어. 1구역에 머무는 상부의 사람들과 연락하는 척하며 이런저런 주요 정보를 흘렸지. 사실 가짜야. 너도 1구역에 갔다 와봐서 알겠지만 상부의 사람 같은 건 없어. 오로지 나 혼자 슈퍼컴퓨터를 관리할 뿐이지."

쉽게 믿기 힘든 말이었다.

하지만 설열음의 말은 앞뒤가 모두 들어맞았다.

그녀는 카시아스가 보통의 고양이는 아니라는 걸 알고, 있지도 않은 상부 사람들과 연락하는 척 거짓 정보를 흘렸다.

그리고 그것을 카시아스에게 전해 듣게 된 내가 다운 타운을 멸망시켰다.

모든 것이 그녀가 원했던 그대로 진행되었다.

"그러고 보니 난 네 기억 속에서 달봉이라는 고양이를 본 적이 없어."

"맞아. 그건 메모리 컨트롤로 지운 게 아니야. 거짓말이었으니까. 난 고양이를 키워본 적이 없어. 그냥 연기한 것뿐. 그런데 나중에는 달봉이가 정말 귀여워지긴 했어."

"…언제부터 이런 일을 계획한 거지?"

"너와 처음 만났던 날, 네가 있음으로 변하게 되는 내 미래들이 보이면서."

그러니까 첫 대면에서부터 지금까지 난 설열음의 손에 놀아났다 이 말인 건가?

미치고 팔짝 뛸 노릇이다.

하지만 설열음은 내 기분 따위 아랑곳 않고 제 할 말만 해 댔다.

"이제 다 끝났어. 내가 널 갖고 논 기분이겠지? 사과할게, 미안해. 그러니 그만 날 죽여."

"…아니, 죽이지 않아. 끝까지 네가 원하는 대로 해줄 마음은 없어. 그렇게 죽고 싶다면 자살을 하든가 해."

"역시 그럴 줄 알았어."

뭐야.

이것 역시 예견된 미래였던 건가?

"마지막에 넌 날 안 죽여. 하지만 난 죽어. 그렇지만 자살을 하는 건 아니야. 날 죽이는 사람은……."

갑자기 붉은 빛 한 줄기가 날 스쳐 지나갔다.

아니, 빛이 아니었다.

빠르게 움직여서 그리 생각했을 뿐, 날 스쳐 지나간 그것은 붉은 드레스를 입은 사람, 클리아였다.

클리아는 설열음의 앞에 섰다.

그리고.

푹!

손에 들고 있던 단검으로 그녀의 심장을 찔렀다.

"그래, 클리아. 난 네 손에 죽었어. 이게 내가 본 마지막 미래야. 이제 정말로… 끝났어."

환하게 웃는 설열음의 입에서 피가 흘렀다.

그녀의 마지막 순간은 이제껏 그녀를 알고 지내던 중, 가장 맑고 순수한 미소를 짓고 있었다.

털썩.

설열음은 대가 부러진 허수아비처럼 고꾸라졌다.

그녀의 몸이 미세한 경련을 일으키다 빠르게 굳었다.

클리아가 몸을 돌려 날 바라보았다.

"계속 지켜봤어요."

"알고 있어요."

그녀는 지금 내게 무슨 말을 하고 싶을까?

어떤 말을 하려는 걸까?

"언젠가 이런 날이 올 수도 있겠다고 생각했었죠."

"미꾸라지 한 마리가 물을 흐리는 날 말인가요?"

내 농담에 클리아가 피식 웃었다.

"그래요. 이곳의 참 즐거웠는데… 무언가 이게 아닌 것 같다는 기분은 가슴 한켠에서 떠나질 않고 절 괴롭혀왔죠. 다운타운은 커다란 결핍의 세상 같았어요. 하지만 그 결핍을 직시하지 못하게 만들죠. 본능대로만 행동하다 보면, 모든 근심 걱정을 잊게 되거든요."

"클리아. 당신은 왜 여기에 왔죠?"

내가 왜 이런 질문을 던진 건지는 모르겠다.

그저, 그녀의 말을 듣고 있자니 절로 나온 질문이었다.

하지만 클리아는 그 질문이 퍽 마음에 드는 모양이었다.

그녀는 아주 확실하고 명백하게 미소 지었다.

그리고 대답했다.

"나를 궁금해해 줘서 고마워요."

클리아가 말을 마치며 풍만한 가슴 사이에서 권총 두 자루를 꺼내 들었다.

내 머리를 향하고 있던 두 개의 총구가 엑스 자로 교차했다.

이어, 불을 뿜었다.

탕탕탕탕탕탕탕탕!

"악!"

"끄악!"

"크, 클리아! 미쳤어! 아악!"

클리아는 광장에 있던 모든 이를 쏴 죽였다.

그것은 순식간에 벌어진 일이었다.

누구도 클리아가 이런 행동을 할 것이라고는 예상치 못했다.

때문에 대처할 수가 없었다.

다들 죽음을 맞았다.

이제 2구역에 살아남은 이는 나와 클리아, 그리고 카시아스 셋이었다.

클리아는 눈으로 내게 말했다.

'나를 궁금해해 줘서 고마워요.'

그녀는 오른손에 들린 권총을 자신의 머리에 댔다.

길고 흰 그녀의 손가락이 방아쇠를 당겼다.

탕!

클리아의 머리가 퍽 하고 터졌다.

붉은 머리카락에 붉은 피가 엉켰다.

옆으로 무너지는 클리아의 모습이 슬로우 모션처럼 느리게 보였다.

그녀는 죽음의 순간 엷은 미소를 짓고 있었다.

"다 정리됐군."

카시아스의 말이었다.

"응."

난 짧게 대답했다.

무슨 말을 할 힘도 없었다.

심신이 너무나도 피곤했다.

"돌아가자."

카시아스가 내 어깨위로 훌쩍 뛰어오르며 말했다.

"응."

돌아가자.

이 미친 공간에서 나가, 돌아가자.

집으로.

*   *   *

다운 타운 사건 이후 일주일이 흘렀다.

그동안 난 아무것도 하지 않았다.

그냥 내 방에 틀어박혀 가만히 누워 있었다.

배가 고프면 먹고, 잠이 오면 자고, 대소변을 배출하고 싶으면 화장실에 갔다.

그것 말고는 하는 게 아무것도 없었다.

카시아스도 날 찾아오지 않았다.

머리가 멍했다.

지금은 한차례 태풍이 휩쓸고 간 뒤 고요와 적막만 남은 기분이다.

'설열음…….'

그 이름 세 글자가 계속해서 머릿속에 맴돌았다.

그녀는 다운 타운의 지배자였다.

다운 타운을 발전시키려 했고, 새로운 노아의 방주로 만들려 했다.

아버지와 선조의 뜻을 이어받아, 지구의 모든 생명을 죽이려 했다.

하지만 광기에서 멀어지며 모든 것을 멈추려 했다.

그러기 위한 수단으로 내가 이용된 것이다.

난 그녀가 집필한 짤막한 시나리오 속 주인공이었다.

그게 억울한 건 아니다.

잘못된 길에 들어섰다는 걸 알았는데도 스스로 멈출 자신이 없어서 날 이용한 그녀에게 오히려 연민이 느껴진다.

주머니에 들어 있던 포털을 두 개를 꺼냈다.

하나는 다운 타운의 3구역으로 갈 수 있는 포털, 다른 하나는 2구역으로 갈 수 있는 황금 포털이었다.

지금도 이 포털을 이용해 다운 타운에 내려가면 설열음이 그 차가운 표정으로 내 앞에 나타날 것 같았다.

물론 그럴 일은 없다.

그녀는 죽었다.

클리아에게 심장을 찔렸다.

아… 맞다.

난 클리아에게 대답을 듣지 못했다.

그녀가 왜 다운 타운에 발을 들인 것인지.

어떠한 연유로 귀족의 작위를 얻어 2구역에서 살고 있었던 것인지.

그녀는 아무것도 말해주지 않았다.

왜 설열음을 죽인 것인지도 알 수 없었다.

다만 내가 확실히 느낀 건 클리아의 마지막 순간 그녀의 입가에 맺힌 미소가 씁쓸하고 아팠다는 것뿐이다.

이제 다운 타운은 없다.

나는 그곳에서 나오기 전 3구역의 콜로세움도 모조리 파괴했다.

더는 살아남은 사람도, 멀쩡한 건물도 없었다.

이제 땅속 세상의 기이했던 이야기들은 잊어야 할 때다.

계속 나 혼자 속에 품고 놓지 못해봤자 바뀌는 건 아무것도 없다.

늘 그랬다.

세상은 내게 냉정했다.

아니, 모든 사람에게 냉정했다.

주변 상황 탓을 하는 이는 끝끝내 불행 속을 걷게 된다.

내가 바뀌지 않으면 주변도 바뀌지 않는다.

하지만 내가 바뀌면 주변 상황은 놀라운 변화를 보여준다.

일주일 동안 공허 속에 묻혀 있었으면 충분하다.

전부 털어내고 내 생활을 찾아야 할 때다.

그리고…….

"마인드 탭."

이름 : 유지웅

소속 : 지구, 대한민국

성별 : 남

나이 : 20

영력 : 40/40

영매 : 44

아티팩트 소켓 5/5

보유 링크 : 743,729

우리 회사 직원들이 일을 갈수록 열심히 하는 모양이다.

레이브란데의 인과율도 이제 끝낼 시간이다.

　　　　*　　　　*　　　　*

　난 영력을 50까지 업그레이드시킨 뒤, 소울 스토어에 접속했다.

　라헬은 평소와 같은 모습으로 날 반겼다.

　"어서 오세요, 지웅 님. 꼭 일주일 만이네요."

　"내가 살 수 있는 영혼들을 보여줘."

　"얼마든지요."

　라헬이 손가락을 튕기자 여섯 개의 영혼이 허공에 나타났다.

　"그럼 가장 왼쪽에 있는 영혼부터 설명해 드리겠습니다아~"

　"아니, 됐어."

　"그런가요?"

　"이 영혼들… 지금 내 영력과 링크로 전부 살 수 있는지만 말해줘."

　"가능합니다만."

　"그럼 모두 사겠어."

　라헬이 하얗게 웃었다.

　"탁월한 선택이십니다."

　라헬은 양팔을 쫙 펼쳤고, 여섯 개의 영혼이 내게 날아와 몸 안으로 스며들었다.

"축하드립니다, 지웅 님. 이로써 쉰 개의 영혼을 모두 모으셨네요."

"…응."

끝이다.

레이브란데의 인과율이 드디어 끝났다.

"그럼 이게 우리의 마지막 만남이 되겠네요."

그렇겠지.

더 이상 소울 스토어를 찾을 이유가 없으니.

"끝까지 수전노라고 생각하실지 모르겠지만, 남은 링크는 어차피 필요 없을 테니 모두 수거해 가겠습니다."

"그래. 더는 필요 없지."

그런데 한 가지 기분이 좀 나쁜 건.

"수거해 가려면 이 마법을 만든 레이브란데가 수거해 가야지, 왜 네가 주인처럼 수거해 가겠다는 거야?"

그러자 라헬이 머리를 긁적이며 대답했다.

"제가 주인이니까요."

"넌 소울 스토어의 주인이지."

"아니, 그게 아니라 이 마법의 주인이 저라는 말입니다아~"

"…어?"

뭐야?

저 녀석이 갑자기 무슨 말을 하는 거야?

내가 멍해 있는데, 라헬이 활짝 웃으며 말했다.

"다시 정식으로 인사드리지요."

라헬은 한 손을 뒤로 빼고 다른 손은 가슴에 얹더니 정중하게 허리를 숙였다.

"저로 말할 것 같으면 레이브란데의 인과율을 만든 장본인이자, 죽어서는 스스로의 마법에 갇혀 소울 스토어를 운영하고 있는 환영의 괴짜. 레이브란데 라헬이라고 한답니다."

"……!"

레, 레이브란데?

라헬이… 레이브란데였어?

그럼 여태껏 난 이 마법을 만든 사람과 만나고 있었던 거야?

"네가… 레이브란데였다니."

라헬이 굽혔던 허리를 펴고 히죽거렸다.

"놀라실 거라 생각했지요."

"왜 숨겼지?"

"숨긴 적 없습니다. 물어보지 않아서 대답하지 않았을 뿐."

당연히 물어볼 일이 없지.

애초부터 스스로의 이름을 라헬이라 밝히고 레이브란데를 타인인 양 얘기해 왔으니, 본인이 혹 레이브란데가 아니냐는 물음이 나올 리가 없잖은가.

'그러고 보니 일전에 라헬에게서 뿜어져 나왔던 그 심상찮은 기운… 그건 그가 레이브란데였기에 가능했던 거였어.'

이제야 당시의 상황이 이해가 된다.

라헬은 가볍게 박수를 쳤다.

짝짝짝짝짝.

"다시 한 번 진심으로 축하드립니다, 지웅 님. 이것으로 모든 영혼을 모았고, 카시아스는 그녀가 원하는 바를 이룰 수 있게 되었네요."

그래.

카시아스.

비로소 그녀의 목적이 무언지 들을 수 있게 되었다.

이제 소울 스토어에서 나가면…….

"지웅."

내가 밖으로 나갈 생각을 하고 있을 때, 라헬이 날 불렀다.

"응?"

내 시선이 절로 라헬의 얼굴로 향했다.

그런데… 그 자리에 더 이상 내가 알던 라헬은 존재치 않았다.

나를 보고 서 있는 건 한없이 가벼웠던 라헬이 아니었다.

오랜 세월의 무게를 짊어진 레이브란데였다.

"레이…브란데."

"그동안 이 괴짜를 상대하느라 고생 많았어."

지금껏 내게 존대를 해오던 그였다.

한데 갑자기 바뀐 말투와 하대가 전혀 기분 나쁘지 않았다.

오히려 그가 잘 맞는 옷을 입은 듯 어울렸다.

이제는 그전의 모습이 되레 어색하게 느껴질 정도였다.

"너는 모든 것이 끝났다고 생각하겠지만, 그렇지만은 않을 거야. 전에도 말했듯이 카시아스가 너를 내 마법의 대상으로 선택한 건 그럴 만한 이유가 있었기 때문이지."

그 이유가 뭔지 정말 궁금했다.

곧 그 궁금증이 다 풀리겠지.

"여기서 나가 카시아스와 마주하게 되면 더 큰 시련을 겪게 될 거야. 네가 50개의 영혼을 다 모았고, 넌 그 힘으로 선행을 해왔으며 그 덕분에 성불하지 못했던 영혼들은 무사히 성불하게 되었지. 그게 내가 바라던 바이기도 했어. 불쌍한 영혼들을 구제해 주는 것. 그 대신 이 마법을 누군가에게 시전한 이에게는 그의 소원 한 가지를 들어주는 것. 카시아스가 선택한 넌 모든 영혼을 모아 전부 성불시켜 주었어. 그러니 난 카시아스의 소원을 들어줘야겠지."

전 같았으면 이게 뭐냐고 난리 쳤을지도 모르겠다.

선행을 쌓아 영혼 모은다고 개고생한 건 난데 왜 카시아스의 소원을 들어주냐며 바락바락 따졌겠지.

하지만 지금은 내 처지에 대해 잘 안다.

카시아스가 내게 레이브란데의 인과율을 시전하지 않았다면 내 인생은 시궁창이었을 것이다.

게다가 난 영혼의 힘도 얻었다.

그렇게 많은 것을 받아놓고 더한 걸 바라면, 그건 어리광밖에 되지 않는다.

"그래. 카시아스는 그럴 자격이 있어."

레이브란데가 내게 손을 내밀었다.

난 자연스레 그 손을 마주 잡았다.

"잘 가라, 유지웅. 짧은 시간 동안 즐거웠다."

"나도……. 레이브란데."

레이브란데는 하얀 미소를 지었다.

나도 덩달아 미소를 머금었다.

그리고 소울 스토어가 사라졌다.

레이브란데도 사라졌다.

다운 타운에 이어, 내가 겪어왔던 또 하나의 이상한 세계가 끝이 났다.

Chapter 13
카시아스의 목적

카시아스는 날 찾아오지 않았다.

내가 카시아스를 찾아갔다.

그녀는 문단속을 그리 철저히 하는 타입이 아닌 모양이다.

카시아스의 집 앞에 도착해 노크도 없이 문을 열었는데, 잠
겨 있지 않았다.

안으로 들어섰다.

고요했다.

마치 사람이 살지 않는 것처럼 느껴졌다.

거실에 그녀의 모습은 보이지 않았다.

식당으로 향했다.

카시아스는 거기에 있었다.

테이블에 앉아 홀로 술을 마시는 중이었다.

물론, 사람의 모습이었다.

그녀의 집은 넓었고, 멋졌고, 고풍스러웠다.

집에 들인 가구 하나하나도 비싼 것들뿐이다.

한 번도 그런 생각을 해본 적이 없지만 만약 그녀가 술을 먹는다면 와인이 어울릴 것 같았다.

하지만 지금 테이블에 놓인 술은 다름 아닌 소주였다.

반 정도 남은 소주병이 하나, 비어버린 소주병이 열 개다.

저렇게나 많이 마셨는데 카시아스는 한 치의 흐트러짐도 없었다.

내가 부엌에 들어섰는데도 눈길조차 주지 않고 안주 하나 없이 소주를 잔에 따라 연거푸 들이켰다.

난 그녀의 맞은편에 앉았다.

"손님이 왔으면 뭐라도 대접해야 하는 거 아니야?"

카시아스가 우리 집에 찾아올 때마다 했던 단골 멘트다.

내 입에서 그 말이 나오자 카시아스는 피식 웃었다.

"왜 왔어."

이 여자가 취했나.

"레이브란데의 인과율… 끝났어. 모든 영혼을 다 모았어."

"그러니까!"

쾅!

카시아스가 술을 비운 잔을 테이블에 힘껏 내리쳤었다.

픽! 하며 유리잔이 산산조각 났다.

카시아스는 붉게 충혈된 눈으로 날 노려봤다.

"그러니까… 왜 왔냐고. 레이브란데의 인과율이 끝났다는 걸 내가 몰랐을까? 그런데도 널 찾아가지 않았다면 눈치껏 여기 오지 말았어야 할 거 아니야!"

대체 이 반응은 뭐지?

정말로 심하게 취하기라도 한 건가?

"카시아스. 왜 이래? 너 지금 이상한 거 알아? 왜 화를 내는 건데? 좋아해야 되는 거 아니야? 네가 그렇게 바랐던 일이잖아? 이걸 원해서 내게 마법을 시전한 거잖아?"

"원했지."

"이제 원했던 걸 이루었고."

"이뤘어."

"그럼 좋아하란 말이야!"

콰앙!

나도 모르게 울컥해서 주먹으로 테이블을 내려쳤다.

픽!

목재 테이블이 산산조각 나며 그 위에 있던 소주병들도 모조리 추락해 깨져 나갔다.

콰장창!

카시아스의 눈이 표독스러워졌다.

나도 지지 않고 그녀를 노려봤다.

화가 났다.

왜 이런 식으로 행동하는 건지 이해가 되지 않는다.

그럼 지금까지 내가 한 것들은 다 뭐가 되는 건데?

가뜩이나 마음 복잡해 죽겠는데, 카시아스 너까지 왜 날 괴롭히는 건데?

그런 원망이 내 안에 가득 차올랐다.

그때, 카시아스의 눈에서 형형한 빛이 일었다.

이윽고 알 수 없는 기운이 내 전신을 포박했다.

"큭!"

그 기운이 어찌나 강한지 손가락 하나 까딱할 수 없었다.

"카시아스… 대체 왜 이래!"

"너… 내가 왜 너를 선택한 건지 알고 싶다 그랬었지. 얘기해 줄게."

카시아스의 말투가 달라졌다.

마냥 무뚝뚝하기만 하고 다소 사내 같기도 했던 그녀의 말투는 모조리 사라졌다.

지금껏 일부러 그렇게 꾸미고 다녔던 것 같은 느낌이 들었다.

그 말인즉 나한테 애써 차갑게 대했다는 건데… 왜 그래야 했던 걸까.

"아… 아니, 내가 레이브란데의 인과율을 네게 시전하며 빌었던 소원이 뭐였는지부터 말해줘야겠지. 내 소원은… 사크란을 살려달라는 것이었어."

"사… 크란?"

어디서 많이 들어봤던 이름인데 확 기억이 나질 않았다.

그러자 카시아스의 입가에 자조적인 미소가 맺혔다.

"넌 꿈도 꿨었잖아. 데브게니안 지상 최악의 저주 사크란."

아… 생각났다.

그래, 분명 그런 꿈을 꿨던 적이 있었다.

꿈속에서 난 지상 최악의 저주이자 역사상 가장 강했던 사나이 사크란이었다.

그리고 그런 사크란을 사랑하는 마법사 여인이 있었다.

후드로 얼굴을 가리고 있어서 누군지 알아볼 수는 없었다.

하지만 보통의 마법사는 아니었다.

목소리도 잘 들리지 않았다.

어찌 되었든 카시아스는 지금 그 사크란을 다시 살려주길 원한다고 했다.

"그 위험한 사내를 왜 다시 살리려는 거지?"

혹시 이 여자가 여느 소설 속에 꾸준히 등장하는 반전의 소재처럼 착한 놈인 줄 알았는데 나쁜 놈이었던… 그런 공식 따라가려는 건 아니겠지?

"사크란을 부활시켜서 데브게니안을 지배하기라도 하겠다

는 거야?"

다행스럽게도 카시아스는 고개를 저었다.

"그럼 뭔데?"

카시아스의 눈가가 촉촉해졌다.

그녀의 눈동자는 너무나 그리운 누군가를 바라보고 있는 것 같았다.

이거 혹시…….

"사크란을 사랑했던 마법사가… 너?"

카시아스가 고개를 끄덕였다.

눈가에 맺힌 눈물이 뺨을 타고 흘러내렸다.

"…꿈속에서 봤던 그 마법사가 너였구나."

그런데 난 어떻게 그런 꿈을 꿀 수 있었던 걸까.

난 사크란에 대해 아는 것이 아무것도 없었다.

카시아스도 사크란의 일을 언급하지 않았었다.

그렇다고 내가 사크란의 영혼을 사서 영혼의 퀘스트를 한 것도 아니다.

갑자기 기분이 이상해졌다.

난 카시아스의 시선을 다시 살폈다.

그녀의 영롱한 두 눈에 내가 가득 담겨 있었다.

나를 바라보는 그녀의 눈동자엔 헤어진 연인에 대한 연정이 어른거렸다.

"설마… 내가…….."

카시아스는 고개를 끄덕였다.

"맞아. 네가… 사크란의 환생이야."

맙소사.

선뜻 받아들일 수가 없는 말이었다.

내가 사크란의 환생이라니.

현실에서의 나는 카시아스를 만나기 전까지 지상 최악의 저주가 아니라 그냥 저주스러운 삶을 사는 찌질이였다.

모든 변화는 카시아스를 만나면서부터 시작되었다.

그런데 그런 내가 전생에 지상 최악의 저주이자 데브게니안 역사상 최강이라 일컬어지는 사내… 사크란이었다니.

"네가 내게 사크란이 된 꿈을 말했던 날. 심장이 터지는 줄 알았어. 그건 꿈이 아니라 네 영혼 속에 각인된 너의 전생이었으니까. 아마… 영혼의 퀘스트를 하며 데브게니안 대륙을 여러 번 체험하면서 전생의 기억을 건드린 것이겠지. 그것이 꿈의 형태로 나타난 것이고."

"……."

그렇게 된 것이었구나.

한데… 뭔가 이상하다.

카시아스의 소원은 사크란의 부활이다.

그런데 내가 사크란의 환생이라면 지금 사크란의 영혼은 내 육신 안에 있는 영혼인 것이다.

하나의 영혼이 두 개의 세계에 동시에 육신을 가지고 있을 수는 없다.

내가 지구에서 유지웅으로 살 수 있는 건 사크란이 죽었기 때문이다.

따라서 사크란이 부활하려면…….

"내가… 죽어야 돼?"

"……."

카시아스는 아무 대답이 없었다.

"내가… 죽어야 사크란이 부활할 수 있으니까… 처음부터 나를 죽일 작정이었던 거야, 카시아스?"

"……."

"대답해!"

카시아스가 잔뜩 일그러진 얼굴로 전보다 더한 눈물을 쏟으며 대답했다.

"그래……. 네가 죽으면… 레이브란데의 인과율이 내 소원을 들어줄 거야. 데브게니안 대륙의 사크란을 부활시켜 주겠지."

"하… 설열음도 너도… 하나같이 날 이용만 하는구나."

"미리 말하지 못해서… 미안해."

"미안해? 그래? 그 말이면 다 끝나는 거야? 너는 사크란을 부활시키고 싶어서 날 죽일 거잖아? 저 지금 죄짓기 전에 고해성사하는 거 같은 기분이야."

"어떻게 생각하든 좋아. 날 욕하고 비난해도 상관없어. 이렇게밖에 할 수 없는 날 이해해."

카시아스가 한 손을 앞으로 내밀어 날 겨냥했다.

그녀와 나 사이의 공간에서 초고열의 하얀 불덩이가 나타났다.

빌어먹을…….

진심이구나, 카시아스.

그래… 알았다.

날 정말 죽이려 한다는 걸 알았어.

근데 말이야.

그냥 고분고분 죽어준다는 이야기는 안 했거든!

"최대한 고통 없이 보내줄게."

카시아스의 말이 끝나는 순간 불덩이가 쏘아졌다.

그걸 제대로 맞으면 아무리 나라고 해도 전신이 녹아버릴 것이다.

하지만 내겐 지금까지 모아온 영혼의 능력들이 있다.

"섀도우 워커!"

내 육신이 부엌 바닥의 그림자 속으로 스며들었다.

콰아앙! 퍼어어어어어엉!

날 태우려던 하얀 불덩이는 벽에 작렬했다.

엄청난 굉음과 함께 충격파가 저택 전체를 뒤흔들었다.

겨우 어린이 주먹만 한 크기의 불덩이였건만 그 커다란 카시아스의 집이 반이나 날아갔다.

난 그림자 속에 숨어 마인트 탭을 열었다.

이름 : 유지웅

소속 : 지구, 대한민국

성별 : 남

나이 : 20

영력 : 49/50

영매 : 50

아티팩트 소켓 5/5

더 이상 링크가 필요하지 않았기에, 링크 항목이 사라졌다.

새도우 워커는 3초당 1의 영력을 소모하므로 영력 항목의
수치가 50에서 49로 떨어져 있었다.

난 그림자 밖으로 나가지 않고 영매를 터치했다.

팅—!

영매
패시브 소울 : 25
—강인한 육신[소라스]
—뛰어난 청력[파펠]
—뛰어난 자가 치유력[라모나]

―남성을 유혹[아르마](침묵)

―완벽한 절대 미각[리조네]

―뛰어난 요리실력[마르펭]

―뛰어난 민첩성, 근력[바레지나트]

―아이언 스킨[지그문트]

―굉장한 창술[블랑]

―굉장한 궁술[쟈비아]

―굉장한 리더십[길버트]

―포이즌[루카스]

―애니멀 링크[카인]

―완벽한 민첩성[벨로아]

―염력[시다스]

―육체 재생[아치]

―음속 이동[커즐]

―체인지 애니멀[알렉사]

―일루전[키르윤]

―광속 이동[레심]

―공간 이동[드웨인]

―폴리모프[우리타]

―예지의 눈[바바르마]

―기후 변화[차로나타스]

—부활[글라이스너](죽음에서 1회 부활 후 능력 침묵)

액티브 소울 : 25

—낭아권[무타진/소모 영력 1/재충전 5초]

—화 속성 초급 마법 번(Burn)[마르카스/소모 영력 5초당 1]

—수 속성 초급 마법 아쿠아(Aqua)[레퓌른/소모 영력 5초당 1]

—천상의 목소리[로레인/소모 영력 5초당 1]

—뇌 속성 중급 마법 라이트(Light)[포포리/소모 영력 3초당 1]

—화 속성 중급 마법 파이어(Fire)[파멜라지나/소모 영력 3초당 1]

—지 속성 중급 마법 더트(Dirt)[제피엘/소모 영력 3초당 1]

—투시[잘루스/소모 영력 1초당 1]

—타임 리와인드[샹체/소모 영력 10/1일 3회 제한]

—섀도우 워커[크라임/소모 영력 3초당 1]

—투명화[루/소모 영력 3초당 1]

—검기[제서스/소모 영력 1초당 1]

—최면[캐러반/소모 영력 없음/30일 1회 제한]

—수 속성 중급 마법 웨이브(Wave)[아틸리/소모 영력 3초당 1]

　—중력 제어[요마르/소모 영력 1초당 1]

　—사이코메트리[씰/소모 영력 없음/1일 1회 제한]

　—화 속성 상급 마법 인페르노(Inferno)[바넷사/소모 영력 1초당 1]

　—수 속성 상급 마법 샤워(Shower)[로캄/소모 영력 1초당 1]

　—지 속성 상급 마법 어스(Earth)[샤를라임/소모 영력 1초당 1]

　—풍 속성 상급 마법 스톰(Storm)[메이/소모 영력 1초당 1]

　—뢰 속성 상급 마법 썬더(Thunder)[라이/소모 영력 1초당 1]

　—바람의 정령 실프[한트/소모 영력 1초당 1]

　—물의 정령 운디네[패터/소모 영력 1초당 1]

　—불의 정령 살라만다[매클린/소모 영력 1초당 1]

　—땅의 정령 노움[프란츠/소모 영력 1초당 1]

퍼펙트 소울 특전

—디스트로이[사크란/소모 영력 50/재충전 1일]

패시브 소울과 액티브 소울은 똑같이 25개씩 나뉘어 있었다.

내가 레이브란데에게 나머지 영혼 여섯 개를 샀는데 그게 전부 패시브 소울이었다.

광속 이동과 공간 이동은 전투에 유용하게 쓰일 수 있는 기술이다.

폴리모프는 카시아스가 주로 사용하는 마법으로 자신의 외형을 바꾸는 기술이다.

애니멀 체인지는 동물로만 변할 수 있지만 폴리모프는 다른 사람의 모습으로 변할 수 있다.

물론 동물이나 데브게니안 대륙에 존재하는 몬스터로 변하는 것도 가능하다.

예지의 눈은 미래를 예측하는 능력이다.

하지만 백 퍼센트 정확한 미래를 보지는 못한다.

현재의 상황을 분석해서 가장 일어날 법한 일을 파악해 내게 보여주는 것이다.

그러므로 지금 도움이 되는 능력은 아니다.

기후 변화는 말 그대로 기후를 변화시키는 능력이다.

어찌 보면 대단한 능력이지만 역시 지금은 도움이 되지 않는다.

부활은 죽음에서 한 번 부활하게 해주는 능력이며, 사용하고 난 뒤에는 능력이 침묵당한다.

즉 죽음에서 되살아나는 건 딱 한 번뿐이라는 것이다.

그런데 지금 상황에 내가 죽으면 레이브란데의 인과율이 카시아스의 소원을 들어주게 된다.

내게 부활의 능력이 있지만, 아마 사용도 못 하고서 내 영혼은 그대로 데브게니안으로 날아가 사크란으로 되살아날 가능성이 높았다.

그러니 저 능력은 일단 배제해야겠다.

액티브 소울은 그대로였다.

그런데 그 밑으로 퍼펙트 소울 특전이라는 게 있었다.

그것은 내가 산 영혼의 능력이 아니었다.

난 사크란의 영혼을 살 수가 없기 때문이다.

내가 사크란인데 그것을 어떻게 산단 말인가?

그러니까 저 능력은 모든 영혼을 다 모은 대가로 준 보너스 같은 것이다.

'디스트로이!'

소모 영력은 50.

지금 내가 가지고 있는 영력을 전부 사용해야 한다.

게다가 재충전 시간은 꼬박 하루가 걸린단다.

필시 엄청난 위력이 기술임이 틀림없었다.

'이걸로 부딪친다!'

내가 아무리 강해졌다 해도 아직까지 카시아스를 상대하

긴 무리다.

본능적으로 그걸 알 수 있었다.

난 섀도우 워커를 멈추고 그림자 속에서 빠져나왔다.

영력을 가득 채워야 디스트로이를 사용할 수 있기 때문이다.

현재 내 영력은 48.

영력은 1분에 1씩 차오르니 카시아스를 상대로 어떻게든 2분을 버텨야 한다.

물론 패시브 스킬만 사용하면서 말이다.

"계속 그림자 속에 숨어 있는 게 좋았을 텐데. 아니면 그대로 도망가든가."

"내가 꽁무니나 뺄 인간으로 보여? 예전엔 그랬을지도 모르지. 그런데 지금은 너무 많이 변했거든."

"후회하게 될 거야. 그리고 나 역시……."

"쓸데없는 소리 지껄이지 말고 할 거면 제대로 해."

"그래… 그래야지."

카시아스가 오른손을 위로 들어 올리고 왼손을 아래로 뻗었다.

"아무래도 널 아프지 않게 죽이려 했다간 되레 내가 당하거나 너무 오랜 시간을 들여야 할 것 같아. 그러니까 각오해. 많이 아플 거야."

내게 경고한 카시아스가 시전어를 외쳤다.

"그라운드 오브 퓨리!"

순간 가슴이 덜컹 내려앉았다.

대기가 고요해졌다.

머릿속은 하얗게 변했다.

주변이 진공상태가 되어버린 것 같았고, 모든 것이 느리게 흘러갔다.

마치 폭풍 전야와도 같은 불길한 고요함이 짧게 지나갔다.

그리고.

콰아아아아아아아아아앙!

저택이 터졌다.

가루가 되어 사라졌다.

저택뿐만이 아니었다.

카시아스를 중심으로 반경 300미터 내의 모든 것이 가루가 되었다.

저택도, 나무도, 꽃도, 바윗덩이도 전부 다.

꾸우우우우우우우!

귀에서 이상한 소리가 들려왔고, 지독한 고통이 내 전신을 짓눌렀다.

"끄으… 으으으으으으!"

숨이 턱턱 막혔다.

사방에서 내 몸을 잡고 각자 다른 방향으로 마구 당기는 것 같다.

칼로 피부를 계속 썰어내는 것 같다.

불로 온몸을 지지는 것 같다.

그 모든 고통이 복합적으로 느껴질 만큼 고통스러웠다.

주르륵.

코에서 피가 터졌다.

"끄흐… 쿨럭! 크흐."

기침에 피가 섞여 튀어나왔다.

내장 기관이 망가진 모양이다.

내가 일반인의 몸이었으면 이미 가루가 되어버렸겠지.

쇳덩이도 가루가 되어버리는 판에 견딜 수 있을 리가 없다.

난 카시아스가 마법을 시전하는 순간 염력을 몸에 둘러 최대한 육신을 보호하는 중이었다.

그런데도 지금 이 모양이다.

두두득!

"끄아……!"

오른쪽 다리가 이상한 각도로 휘어지며 부러졌다.

고통이 극심한데 다른 곳도 너무 아파 비명조차 제대로 나오지 않았다.

'사십구…….'

이제 1분만 더 버티면 된다.

아니, 1분도 남지 않았나?

아무튼 조금만 버티면…….

두둑!

"끄으……!"

이번에는 왼쪽 팔이 부러졌다.

염력은 점점 약해져 가고 있었다.

그라운드 오브 퓨리는 시전자 주변의 공간을 무엇도 살아 남을 수 없는 죽음의 지대로 변화시킨다.

난 겨우 고개를 들어 카시아스를 바라보았다.

그녀는 복잡한 감정이 마구 뒤섞여 혼란스러운 눈빛으로 날 내려다보고 있었다.

"쿨럭! 쿨럭! 크허억! 켁……."

이번에는 피가 바가지로 퍼 올린 것처럼 많이 터져 나왔다.

점점 정신이 혼미해졌다.

눈이 감기려 한다.

시야가 흐려진다.

의식이 끈을 더 이상 유지하기 힘들다고 느껴지는 순간까지 와버렸다.

한데 그때.

'오십……!'

드디어 영력이 전부 차올랐다.

난 남은 힘을 다 쥐어짜내어 몸을 일으켰다.

"끄으… 으아아아아아아!"

오른쪽 다리는 부러졌기에 왼쪽 다리에만 체중을 실었다.

"괜한 발악하지 마."

카시아스가 말했다.

괜한 발악인지 아닌지는 끝까지 보고 나서 판단해!

왼손을 겨우 들어 올려 하늘 높이 뻗었다.

그리고 시전어를 외쳤다.

"디스트로이!"

시전어가 터져 나오는 순간!

꿈에서 봤던 사크란의 기술이 다시 재현되었다.

내 손 위에 집채만 한 불덩어리가 피어났다.

화르르르르륵!

그 불덩어리는 보랏빛으로 바뀌었다가 하얀빛으로 변했다.

좀 전에 카시아스가 내게 쏘아 보냈던 그것처럼 초고열의 불덩어리가 된 것이다.

이를 본 카시아스의 입이 쩍 벌어졌다.

"저 기술을… 어떻게……."

"으아아아아아아아아아!"

난 고함과 함께 들어 올린 손을 힘껏 내렸다.

집채만 한 불덩이는 그대로 카시아스에게 떨어져 내렸다.

순간 내 몸을 압박하던 기운이 전부 사라졌다.

대신 카시아스의 머리 위에 단단히 압축된 거대한 기운이 느껴졌다.

그녀는 내가 쏘아 보낸 불덩이를 막기 위해 반경 300미터를 지배하던 힘을 한곳으로 응집한 것이다.

콰아아아아아아앙!

디스트로이와 한데 뭉친 그라운드 오브 퓨리의 기운이 맞부딪혔다.

순간 지축이 흔들리며 소닉붐이 일었다.

충격파가 사방으로 퍼져 나갔다.

"으으……!"

카시아스의 입에서 신음이 흘러나왔다.

"크으……."

나도 지지 않고 맞섰다.

두 개의 강렬한 기운은 한참 동안 서로를 잡아먹기 위해 맹렬히 싸우다가.

퍼어어어어어어엉!

큰 폭발을 일으켰다.

그리고 내 의식은 멀리 날아가 버리고 말았다.

*   *   *

눈을 떴다.

난 엉망이 되어 바닥에 누워 있었다.

카시아스가 보였다.

그녀가 걸친 옷은 찢어지고 더럽혀져 넝마 같았다.

머리카락이 많이 탔고, 몸 곳곳에 크고 작은 상처가 가득했다.

"……."

카시아스는 말없이 날 바라보았다.

그녀와 나 사이에 작은 스파크가 튀는가 싶더니 이내 덩치를 키워 수박만 한 뇌전의 구가 되었다.

지금 내 상태라면 저걸 정통으로 맞는 순간 죽는다.

분명히 죽는다.

결국엔 이렇게 되는 거였나.

"…죽여."

난 힘들게 말했다.

이제 나도 너무 지쳤다.

포기하고 싶었다.

뇌전의 구가 천천히 움직이다 빠르게 날아들었다.

파지직! 지직!

난 눈을 감지 않고 그것을 똑바로 응시했다.

적어도 내 마지막 순간이 암흑으로 가득 차는 건 싫었다.

그런데.

스팟.

뇌전의 구가 내 코앞에서 갑자기 사라졌다.

"…뭐하는 거야?"

내 물음에 카시아스가 대답했다.

"내가 묻고 싶은 말이야. 뭐하는 거야. 왜… 왜 그랬지? 왜 마지막 순간에 힘을 뺐지? 안 그랬다면 죽는 건 나였을 텐데."

…그랬다.

난 디스트로이를 시전했고, 카시아스를 확실히 압도하는 중이었다.

그런데 나도 모르게 힘을 빼버리고 말았다.

그 순간 폭발이 일었고 정신이 아득해졌다.

내가 힘을 뺀 이유.

그거 뭐… 별거 없었다.

"내가 널 어떻게 죽여."

"……"

카시아스는 아무것도 하지 않고 그저 서 있었다.

뜨거운 차 한 잔을 마실 정도의 시간이 그렇게 흘러갔다.

그러다 카시아스는 무릎을 꿇고 앉아 내 몸에 손을 댔다.

동시에 따스한 기운이 내 전신으로 퍼졌고, 부러진 뼈가 다시 붙었다.

그 외에 크고 작은 상처들도 말끔하게 치료되었다.

회복 마법이었다.

"카시아스… 너……"

카시아스의 눈에서는 눈물이 뚝뚝 떨어지고 있었다.

난 상체를 일으켜 그녀를 바라보았다.

카시아스가 갑자기 내게 와락 안겨들었다.

그러고는 숨 죽여 흐느꼈다.

"흐윽… 흑……. 못 해. 역시 못 하겠어. 사크란이 좋아. 그가 너무 보고 싶어. 그런데… 지구의 유지웅도 좋아져 버렸어. 내가 사랑한 건 그의 겉모습이 아니라 상처받은 맑은 영혼이었어. 그러니 난 사크란도 유지웅도… 사랑할 수밖에 없어."

"카시아스……."

난 카시아스를 품에 꼭 안아주었다.

한 손으로는 등을 두들기고 다른 손으로는 머리를 쓸어내렸다.

그렇게 한참 동안 내 품에 안겨 울던 카시아스는 별안간 벌떡 일어서더니 내게 등을 보였다.

"레이브란데의 인과율은 데브게니안 대륙에서 금지된 마법이었어."

카시아스는 날 등지고 선 채 말했다.

"난 사크란을 사랑했다는 이유로 대륙 공적이 되어버렸어. 그런 상태에서 금지된 마법까지 연구하고 있었으니 더더욱 미운털이 박혀 버렸지. 데브게니안 대륙에서의 난 매일매일이 도망의 나날이었어. 그런 상황에선 레이브란데의 인과율을 제대로 연구할 수 없었지. 그래서 차원 이동 마법을 사용해 지구로 넘어왔어. 물론… 이 마법 역시 금지된 마법 중 하나였지만, 내가 아직 대륙 공적이 되기 전에 연구했던 것인지라 차원 이동에 성공할 수 있었지. 그렇게 지구로 오게 된 거야. 그런데…….”

카시아스는 잠시 말을 끊었다가 마른침을 한 번 삼켰다.

“우연히 너를 보게 된 거야. 사크란의 영혼을 가진 너를. 아니… 우연이 아니었겠지. 그래… 운명이었겠지. 너와 나의 지독한 운명. 마침 나는 지구에 머물면서 레이브란데의 인과율에 대한 연구를 끝낸 상황이었어. 이제 아무에게나 마법을 시전해서 영혼을 모으게 하면 그만인 거야.”

“그런데 왜 내게…….”

“지구에 사는 넌 너무 형편없는 모습이었지. 하루하루가 괴로워 보였어. 내가 사랑하는 영혼이 그런 삶을 사는 걸 두고 볼 수 없었어. 그래서 마법의 대상으로 널 선택하게 된 거야. 하지만… 네 곁에 머물면서 널 사랑하게 될 줄은 몰랐지. 이건 내 계산에 없는 일이었어. 시간이 갈수록 되도록 네 앞에 나타나지 않으려 노력했는데.”

그래서 카시아스가 내게 찾아오는 횟수가 갈수록 줄어들었었구나.

“또 한편으로는 네가 전생의 기억을 찾을까 싶어 내 본래 모습을 보여주기도 하고… 아무튼 나도 혼란스러웠어.”

뜬금없이 사람의 모습을 보여주었던 데엔 이런 이유가 있었던 거고.

"하아… 이제 그만해야지. 돌아가겠어."

"어디로?"

"글쎄……. 어디든 내 한 몸 쉴 곳은 있겠지."

"영원히… 떠날 셈이야?"

카시아스는 무언가를 말하려는 듯 망설이다가 대답 대신 손을 들어 살짝 흔들었다.

그러고는 앞으로 걸어갔다.

나는 그런 그녀를 붙잡을 수 없었다.

어느새 내 눈에서도 눈물이 흐르고 있었다.

그녀의 뒷모습을 끝까지 똑바로 보고 싶었는데, 계속 눈앞이 흐려졌다.

눈물을 닦아내고 또 닦아내고, 또다시 닦아냈다.

그러다 카시아스의 모습은 영영 사라졌다.

그게… 그녀와 나의 마지막이었다.

에필로그

　세상은 온통 하얀색으로 가득했다.

　거리거리마다 크리스마스 캐럴이 흘러나왔고, 데이트를 즐기는 연인들로 가득했다.

　나 역시 나의 연인 아랑이를 만나러 가는 길이다.

　25살의 내가 맞는 크리스마스는 제법 괜찮았다.

　난 여전히 데일리 히어로 사이트를 운영하며 제법 짭짤한 돈벌이를 하고 있다.

　우리 가족은 4년 전 크고 좋은 집으로 이사를 했다.

　누나는 어엿한 미대생이며, 아버지의 음식 장사는 손을 대는 종목마다 대히트를 쳤다.

그야말로 부족할 것도, 남부러울 것도 없는 풍요로운 삶이었다.

게다가 결혼을 약속한 예쁜 여자 친구까지 있다.

난 아무것도 아쉬운 게 없었다.

그런데… 가슴 한켠에 자리한 작은 구멍은 메워지지가 않았다.

그 구멍은 간혹 내게 외로움과 그리움과 슬픔과 우울을 불러오게끔 만들었다.

언젠가는 채워지겠지.

언젠가는 메워지겠지.

그렇게 생각하며 5년이 흘렀다.

오늘은 좋은 날.

눈 내린 화이트 크리스마스에 사랑하는 나의 연인과 근사한 데이트를 즐기는 날이다.

그러니 가슴속의 구멍은 생각하지 말자.

행복한 것들만 떠올리자.

굳건한 신념은 늘 내가 믿는 것들을 현실에서 이루게 해준다.

난 그것을 믿는다.

뽀드득. 뽀드득.

쌓인 눈을 밟아 나갈 때마다 귀에 들리는 소리가 정겹다.

적당히 추운 날씨도 좋다.

숨 쉴 때 보이는 입김도 재미있다.

우리가 만나기로 약속한 장소에 도착했다.

아랑이는 아직 오지 않은 모양이다.

조각 공원의 구석에 놓인 벤치.

이 주변엔 사람이 그다지 많지 않았다.

난 멀뚱히 서서 아랑이를 기다렸다.

그런데 무심코 내려다본 바닥에 앙증맞은 발자국이 찍혀 있었다.

그럴 이유도, 그럴 필요도 없었지만 나는 발자국을 따라 걸었다.

한 발, 두 발, 세 발, 네 발.

계속해서 발자국을 따라 걷다가 나중에야 그게 고양이 발자국이라는 걸 깨달았다.

고양이 발자국을 따라갈수록 아랑이와 만나기로 약속한 장소는 계속 멀어져 갔다.

그렇게 뭐에 홀린 듯 계속 발자국을 따라가다가 난 가슴이 저릿한 기분에 멈춰 서서 천천히 고개를 들었다.

발자국의 끝엔… 검은 고양이 한 마리가 서 있었다.

그런데 참 이상했다.

고양이가 웃고 있는 것 같았다.

그것도 아주 즐겁고 밝게.

세상에 고양이가 웃을 수도 있었나?

나도 모르게 고양이를 보며 웃음을 터뜨렸다.

겨우 가슴의 구멍이 메워졌다.

『데일리 히어로』完

이 시대를 선도하는 이북 사이트

이젠북

www.ezenbook.co.kr

더욱 막강해진 라인업!
최강의 작가들이 보이는 최고의 재미.

이들의 "유료연재"가 시작됩니다!

김재한 『성운을 먹는 자』　　　태제 『태왕기 현왕전』
홍정훈 『월야환담 광월야』　　　전진검 『퍼팩트 로드』
이지환 『어린황후』　　　　　방태산 『완벽한 인생』
좌백 『천마군림 2부』　　　　왕후장상 『전혁』
김정률 『아나크레온』　　　　설경구 『게임볼』

검색창에 **이젠북** 을 쳐보세요! ▼ 🔍

FUSION FANTASTIC STORY

니콜로 장편 소설

아레나
이계사냥기

『경영의 대가』
니콜로 작가의 신작 소설!

서른을 앞둔 만년 고시생 김현호,
어느 날, 꿈에서 본 아기 천사에게 충격적인 이야기를 듣는데……

"모르시겠어요? 당신 죽었어요."

뭐? 내가 죽었다고?

"그리고…… '율법'에 의해 시험자로 선택받으셨어요."

김현호에게 주어진 시험!
시험을 완수해야만 살 수 있다.

현실과 제2차원계 아레나를 넘나들며,

새 삶의 기회를 얻기 위한
그의 치열한 미션이 시작된다!

Book Publishing CHUNGEORAM

유행이 아닌 자유추구 -
WWW.chungeoram.com

FUSION FANTASTIC STORY

니콜로 장편 소설

아레나
이계사냥기

『경영의 대가』
니콜로 작가의 신작 소설!

서른을 앞둔 만년 고시생 김현호,
어느 날, 꿈에서 본 아기 천사에게 충격적인 이야기를 듣는데…….

"모르시겠어요? 당신 죽었어요."

뭐?! 내가 죽었다고?

"그리고…… '율법'에 의해 시험자로 선택받으셨어요."

김현호에게 주어진 시험!
시험을 완수해야만 살 수 있다.

현실과 제2차원계 아레나를 넘나들며,

**새 삶의 기회를 얻기 위한
그의 치열한 미션이 시작된다!**

Book Publishing CHUNGEORAM

유행이 아닌 자유추구 -
WWW.chungeoram.com

가프 장편 소설

관상왕의
1번룸

FUSION FANTASTIC STORY

거대한 도시의 그늘에서 벌어지는
짜릿하고 통쾌한 이야기!

『관상왕의 1번룸』

텐프로의 진상 처리 담당, 홍 부장.
절망적인 삶의 끝에서 만난 남국의 바다는
그를 새로운 인생으로 인도하는데…….

쾌락을 원하는 거부, 성공에 목마른 사업가,
그리고 실패로 절망한 사람들이여.

여기, 관상왕의 1번룸으로 오라!

Book Publishing CHUNGEORAM

유행이 아닌 자유추구 -
WWW.chungeoram.com

글쌈 장편 소설
FUSION FANTASTIC STORY

세상을 다 가져라

[세상을 다 가져라]

**문피아 선호작 베스트 작품 전격 출간!
현대판타지, 그 상상력의 한계를 넘어서다!**

권고사직을 당한 지 2년째의 백수 권혁준.

우연히 타게 된 괴상한 발명품으로 인해
과거로 회귀한다!

그런데
과거로 온 혁준의 손에 들려 있는 것은 바로
최신형 스마트폰!

"까짓 세상, 죄다 가져 버리겠다 이거야."

· 백수였던 혁준의 짜릿한 인생 역전이 시작된다!

Book Publishing CHUNGEORAM

유행이 아닌 자유추구 -
WWW.chungeoram.com

FUSION FANTASTIC STORY

미더라 장편 소설

ODD LAWYER

Devil's Balance

괴짜 변호사
악마의 저울

『즐거운 인생』 미더라 작가의
2015년 대작!

현직 변호사, 형사, 프로파일러, 범죄심리학 전문가 자문으로
현장의 생생함을 그대로 담아낸 현대 판타지!

『괴짜 변호사 : 악마의 저울』

"제가 왜 한 번도 패소한 적이 없는 줄 아십니까?"

"……"

"저는 법으로만 싸우지 않거든요."

법의 칼날 위에서 춤추는 자들과의
치열한 공방이 펼쳐진다!

Book Publishing CHUNGEORAM

유행이 아닌 자유추구 -
WWW. chungeoram.com

FUSION FANTASTIC STORY

미더라 장편 소설

ODD LAWER

Devil's Balance

괴짜 변호사
악마의 저울

『즐거운 인생』 미더라 작가의
2015년 대작!

현직 변호사, 형사, 프로파일러, 범죄심리학 전문가 자문으로
현장의 생생함을 그대로 담아낸 현대 판타지!

『괴짜 변호사 : 악마의 저울』

"제가 왜 한 번도 패소한 적이 없는 줄 아십니까?"

".........."

"저는 법으로만 싸우지 않거든요."

법의 칼날 위에서 춤추는 자들과의
치열한 공방이 펼쳐진다!

Book Publishing CHUNGEORAM

유행이 아닌 자유추구 -
WWW. chungeoram.com

우각 新무협 판타지 소설

FANTASTIC ORIENTAL HEROES

북검전기

2014년의 대미를 장식할,
작가 우각의 신작!

『십전제』, 『환영무인』, 『파멸왕』…
그리고,

『북검전기』

무협, 그 극한의 재미를 돌파했다.

북천문의 마지막 후예, 진무원.
무너진 하늘 아래 홀로 서고, 거친 바람 아래 몸을 숙였다.

살기 위해! 철저히 자신을 숨기고
약하기에! 잃을 수밖에 없었다.

심장이 두근거리는 강렬한 무(武)!
그 걷잡을 수 없는 마력이,
북검의 손 아래 펼쳐진다!

Book Publishing CHUNGEORAM

유행이 아닌 자유추구 -
WWW.chungeoram.com